明日、
世界が
このまま
だったら
行成薫
集英社

c o n t e n t s

明日、世界がこのままだったら

狭間の世界（１）

おはよう。

その一言の意味を考えたことのある人が、どのくらいいるだろう。少なくとも私は、生まれてからの二十三年間、「おはよう」と言うことの意味なんて一度も考えたことがなかった。

まだ私が小さかった頃、家族旅行に出かけた時のこと。朝、いつもと違う天井を見上げた私は、知らない世界に放り出されたのかと思って泣き出してしまった。寂しさと不安に突き動かされるように、私は誰かに向かって「おはよう」と、力いっぱい叫んだ。今も、妙にはっきりと覚えている。

今朝の「おはよう」は、その時の「おはよう」に少し似ているかもしれない。自分の部屋で目を覚まし、あくびなどしつつ、ぼさぼさになった長い髪の毛を手櫛で整えながら、いつも通りリビングに繋がるドアを開けた。いつもと変わらない朝であるはずなのに、私は、なにかが違う、と感じていた。自宅とは思えない空気。まるでモデルルームの中にいるような気分。家具の存在が白々しくて、部屋の空気がよそよそしい。

「おはよう」

「え、あ」

不意に「おはよう」が返ってきて、私の肩がびくりと震えた。自分で「おはよう」と言ったくせに、返事がくることを期待していなかった。同居している父は仕事、母は習い事で、私が起きる時にはもう家を出ていることが多い。私の声は、いつもなら部屋の空気に溶けて消えてしまうだけなのに。

静かに高鳴る胸の鼓動を抑えながら、声のした方向に目を向ける。私の家は「どうしてもタワーマンションの高層階に住みたい」という見栄っ張りな母の圧力に負けて父が購入した、都心の高層マンションの一室だった。日当たりのいい角部屋で、都内のランドマークとして有名な赤い電波塔が見える。声の主は朝の風景を眺めていたのか、リビングの窓際に立って顔だけを私に向けていた。まだ、私の頭は半分寝ぼけていて、完全には動き出していない。それでも、一つだけはっきりとわかることがあった。

——そこにいたのは、まったく知らない男だった。

驚いて返事もできない私の前で、男がゆっくりと体をこちらに向けた。歳は、私とそう変わらないか、少し上くらいだろうか。ゆるりとした長袖のカットソーにテーパードのパンツという、ラフではあるが小ぎれいな格好。体はやや細身で、手足がすらりと長い。目は一重だけれど、少し垂れているせいかあまり怖そうには見えない。外国人風の巻きの強い黒髪パーマが、ちょっと癖のある顔によく似合っている。

対する私は、寝起き姿のどスッピンだ。女子の本能か、髪の毛でできるだけ顔を隠し、胸元に手をやる。そんな場合ではないのだけれど。

「いい天気」

「そ、そう、です、ね」

「見晴らしも最高だし」

「その、結構、高層階なので」

私はどきどきする胸を押さえながら、男の言葉に返事をする。男がしゃべるたびに、優しい顔立ちとはミスマッチなくらいくっきりとした喉仏(のどぼとけ)が上下に動くのが見えた。

「あの」

私が意を決して話しかけると、男は「なに？」とでも言うように、軽く首を傾(かし)げた。

「ちょっと、聞きたいことが、あるん、ですけど」

「聞きたいこと」

そりゃあるよね、と、男は苦笑する。

「なんでも、どうぞ」

「じゃあ、その」


どちら様でしょうか？

私のうわずった声が、静かな部屋に響いた。男は悪びれる様子もなく、はじめまして、といった感じで軽く頭を下げた。

「俺、ワタルです」

「わ、ワタル、さん」

私は「ワタル」と名乗った男の顔を、まじまじと見る。

「ええと、知らない、人、ですよね？」

「たぶん」

「泥棒とか、強盗の方でしょうか」

「違うよ」

少しトボけた男の雰囲気に呑まれて、私は相手が見知らぬ男であるにもかかわらず、大声で助けを呼んだり必死に逃げようと走り出したりすることを忘れていた。ワタルという男は顔にも声にも緊張感というものがまるでなくて、「金を出せ」とか「服を脱げ」と言ってきそうには思えなかった。お陰で、私の警戒心はうまく働いてくれなかったらしい。

「あの、どうしてここに？」

それ、それなんだけど、と、ワタルは真顔でうなずく。

「そもそも」

「そもそも？」

「ここは、どこなんだろう」

ワタルはすらりとした腕を軽く広げて、「ここ」を精いっぱい表現した。私は意図がわからなくて少し戸惑ったが、言葉を額面通りに受け取って、そのまま事実を伝えることにした。

「私の家、なんです、けど」

「ああー、そっか。そうなんだ」

ワタルという男は私の家のリビングをぐるりと見回すと、広くていい部屋だ、などと平和なことを言う。どうも、ここがどこだかわからないというのも嘘ではなさそうで、部屋のあちこちを見ながら、何度も首を傾げていた。私の頭には「知らない男の人が場所もわからないまま うっかり私の家に侵入してしまった訳」がいろいろ浮かんだけれど、納得のいくストーリーはなかなか思いつかなかった。

「あの、どうやって、ここに入ってきたんでしょう」

父がこのマンションを選んだのは、セキュリティがしっかりしている、というのも理由の一つだ。晩婚の父は歳取ってから生まれた一人娘である私を溺愛するあまり、自宅のセキュリティには随分こだわったらしい。住人以外の人がふらりと入ってこられるほど、警備は甘くない。

ワタルが、答える代わりに私の後ろを指さした。人差し指の先を目で辿ると、私はくるりと振り返り、リビングの入口ドアを見ることになった。

「いや、それはまあ、そうなんでしょうけど」

「いや、そうじゃなくてさ」

ワタルの目が、ドアを開けろと言っている。私は訝しく思いつつも、念のためワタルを視界に入れながら、ドアレバーを手で押し下げた。ドアの向こうには廊下があって、トイレとお風呂、両親が使う主寝室、ゲストルームが廊下の左右に配置されている。

――はずだった。

かちゃり、という軽い音をたてて、ドアが開く。私は向こう側を十秒ほどゆっくりと見回し、静かにドアを閉めた。振り返ると、ワタルが私の第一声を待つように、じっとこちらを見ていた。

「これ、どういうことですかね」

「ね。どういうことなんだろう」

ワタルが私と立ち位置を交代して、少し勢いをつけてドアを開けた。ワタルの手を離れて慣性で開いていくドアの向こうには、見たことのない空間が広がっている。ベッドと小さなローテーブルがあるくらいの、モノが少ないシンプルな部屋。床には申し訳程度に小じゃれたデザインのラグマットが敷いてあって、ファッション誌が乱雑に積まれている。

「どこですか、これ」

「俺の部屋なんだけどね」

自宅のリビングのドアを開けたはずなのに、どうして見ず知らずの人の部屋に繋がっているのか、私にはまるで理解ができなかった。常識では考えられない光景を目の前にしているのに、あまりにも自然に存在しているせいで、驚いていいものかどうかすら迷ってしまう。

「さっき、目が覚めて」

「はあ」

「俺の部屋のドアを開けたはずなんだけど」

「はずなんだけど？」

「なぜか、とても見晴らしのいい部屋に」

ワタルは、顎に手をやりながら「うーん」と唸り、私の家のリビングと、自分の部屋だという空間とを交互に見た。

「あの、私の家の廊下は、どこに行っちゃったんでしょう」

「ああ、それなら」

ワタルは「自分の部屋」に戻ると、部屋の隅にある備えつけのクローゼットの引き戸を開け、指さした。クローゼットの向こうには、どうしたことか、私の家の廊下が続いている。


夢か。夢かな、これ。


こんなことが現実世界で起こるわけがない。ちょっと現実感がありすぎる気もするけれど、夢である以上は、目が覚めれば「夢かあ」で済むはずだ。そう思って、お腹に力を入れる。

「ちょっとあの、そっちにお邪魔してみてもいいですか？」

「どうぞ。散らかってるけど」

ワタルが私の家にいた理由はいろいろ考えたものの、さすがに「部屋同士がくっついて、思いがけず不法侵入してしまっていた」という答えは想像できなかった。私もかなり驚いたけれど、ワタルも相当驚いたに違いない。

ワタルの部屋と私の家は、ドアを境界線にして繫がっている。どうやら、ワタルの部屋が私の家の中に挟まってしまったというわけではなく、異なる空間同士が接続されてしまっているように見える。その証拠に、ワタルの部屋の窓からは、建物の二階か三階くらいの高さから眺めるような風景が見える。

　おそるおそる手を伸ばし、境界線を越えてみる。私の体は拍子抜けするほどあっさりとワタルの部屋に滑り込み、当たり前のように立っていた。

「うわ、なんだろうこれ、すごい」

　私は、男の人の部屋だ、という妙な興奮を抑えながら部屋を横切り、クローゼットの前に立った。本来、服や荷物が収納されているはずの空間がごっそり消えてなくなっていて、代わりに私の家の廊下が続いている。何度か引き戸を開け閉めしてみたものの、閉めて開けたら元の収納に戻っている、というびっくりイリュージョンが起きそうな気配はなかった。

「困ったな」

　ワタルは後頭部を手でわさわさとかきながら、二つの空間を呆然(ぼうぜん)とした様子で見ていた。困ったと言うわりには、あまり本気で困っているようには見えなかったが。

「当面、戻りそうにないですよね、これ」

「わからないけど、戻す方法は思いつかないかな」

「ということは、半同居みたいになっちゃうんでしょうか」

「そういうことになるのかな」

「困りますね」

「そうだよね」

　ワタルは、クローゼットの先、廊下の突き当たりにある私の家の玄関に目をやった。廊下はしんと静まり返っていて、人の気配がない。

「あっ」

私が突然声を上げると、ワタルが何事かと私を見た。

家がくっついて元に戻せそうにない、しばらくはこの状態で生活しなければならない、と考えたところで、私は大変なことに気づいてしまった。けれど、それを今この場でワタルに言うべきかどうか、少し迷った。

「あの、私」

「うん？」

「お風呂に入る時も外に出る時も、この部屋を通らないといけない」

ワタルは、すでにそういう事態を想定していたのか、ああそうだね、と、さほど驚いた様子もなく私の言葉に同意した。

「自由に通ってもらっていいんだけど」

「いやでも、お部屋の真ん中を通らなきゃいけないわけですし」

お風呂に入るのは一日一度でいいとして、トイレとなるとそうもいかない。日に何度も部屋に入ってくる女がいたらワタルも困るだろうし、それ以上に、頻尿女、などと思われたらたまったものではない。

どこか、違うところに行ってはもらえないだろうか、という思いがちらりと頭をかすめる。けれど、お互いの自宅がくっついている以上、私とワタル、どちらにも住む権利はあるのだ。一方的に出て行けとは言いにくい。

「あのさ」

「は、はい」

「これからいろいろ大変そうだし、一個聞いてもいい？」

「な、なんでしょう」

「よかったら、名前を」

私は、あ、と抜けた声を出して、すみません、と頭を下げた。とんでもない状況に混乱して、ワタルの名前を聞いておきながら、自分の名前を伝えるのを忘れていた。

「サチです。幸せ、って一字で、サチ」

「サチ、ね」

ワタルは、かわいい名前、と笑いながら、私に向かって手を差し出した。雰囲気に流されるまま、私はワタルの手を握った。

「よろしく」

「あ、はい、よろしく、お願いします」

指が長くて、きれいな手だな、と、私は思った。

†伊達恒(だてわたる)——傲慢(プライド)

鏡に映る自分の姿を見て、瀬戸実花(せとみか)はため息をついた。濡れ髪(ぬれがみ)を頭の上でまとめられてクロスにすっぽりと包まれた情けない姿を、なにが悲しくて真正面から見続けていなければならないのだろうか。

都内に店舗を展開する「シャローム」の三号店。実花の行きつけの美容室は、女性客で満席になっている。今年も、あっという間に十二月に入った。クリスマスや年末年始に向けて、美容室の予約が取れなくなる前に髪の毛を整えようと考える人が多いのだろう。実花もその中の一人だ。

「お待たせしちゃって」

「超待った」

ようやく、実花の後ろに担当スタイリストがやってきた。胸のネームプレートには「トップスタイリスト」という誇らしげな肩書とともに、「伊達恒」というやや堅苦しい印象の名前が印字されている。

「いつも通り、揃(そろ)える感じでいいですかね」

「んー、そうなんだけど」

実花が少し考える様子を見せると、鏡の中でワタルが細長い指を実花のうなじに差し入れ、ハサミで切るジェスチャーをした。

「バッサリ？」

「なんでそんな嬉しそうなのよ」

「そんなことないですよ」

「ちょっと迷ってるんだよね。長いのがうざったくなってきちゃって」

「ショートも似合いそうだし、いいと思うけど」

「んー、そうなんだけどさ」

「だけど？」

「アタシ、先週、彼氏と別れたんだよ」

「え、結婚するかもって言ってたのに」

「だからさ、別れたのが原因で切った、みたいな感じになったら嫌じゃん」

別にジョークを言ったつもりもないのにワタルが声を殺して笑い出したので、実花は口を尖らせた。笑い事ではない。髪を切っただけで、失恋でもしたのか？　と平気で聞いてくる時代錯誤な上司が、実花の職場には何人もいるのだ。

「いまどき、彼氏と別れて髪切る女なんていないしさ」

「心機一転、みたいな子、たまにいるけどなあ」

「ほんとに？　カッコ悪くない？　そういうの」

「カッコ悪くはないんじゃないかな」

「ええ、そう？」

「髪切っただけで人生がちょっとでも変わるなら、かなりお手軽でしょ」

少しだけ顔を寄せたワタルが、ふわりとした言葉を放つ。なんと返していいかわからずに、実花は言葉を詰まらせた。

「お手軽って。もっと言い方あるでしょ」

「クーポン使えば、カット三千八百円。超お手軽」

ワタルは、いつも自然体だ。肩ひじを張っていないし、変な気負いもない。実花のように、プライドをまとって足を踏ん張っていないと社会に潰されてしまいそうな人間とは違う人種である気がする。

「でも、切りたいかって言われると、はっきりしてないんだけどさ」

「はは、それは嘘でしょ」

「ウソ？」

「切りたいって、顔に書いてある」

どんな顔よ、と反射的に答えたが、声がわずかに裏返った。

ウェーブを入れたロングのスタイルは、つい先日まで付き合っていた元彼の好みに合わせた髪型だった。元彼がロング好きであった理由は、「女らしいから」だそうだ。思い返すと、なんだその理由は、と腹が立ってくる。「女らしい」という言葉は嫌いだ。男に従属しろと見下されているような気になる。

女らしさを求める男と、その言葉に内心反発している女とでは、やっぱりうまくいくわけがなかった。別れ話は、お互い自分を曲げることができずに平行線を辿った。相手を見下し、自分が正しいと主張し、結果、関係は脆(もろ)くも崩れ去ったのだった。

別れてから一週間、実花は体にまとわりつくような重さを感じている。態度には出さないように気を張っているが、男と別れたくらいで精神のコントロールができなくなる自分はカッコ悪い、と思ってしまう。

「わかったようなこと言わないでよねー」

「すいません」

ワタルと初めて会ったのは、元彼と付き合いだす少し前だった。

三年前のことだ。

久しぶりの休日。百貨店で洋服を買って帰る途中、駅の入口で人の流れに逆らって不審な動きをする男が目についた。明らかに通行の邪魔になっているし、目障りなことこの上ない。男は次々と若い女性に声をかけては、首を横に振られているようだった。

いまどきナンパか、と鼻白んでいると、急に顔を上げた男と思い切り目が合った。実花は「近寄るな」という空気を出しながら横を通り過ぎようとしたが、無駄だった。空気の読めない男は実花の前に立ちふさがり、開口一番、わけのわからないことを言った。

——無料でかわいくなりませんか?

どうやら男の目的はナンパなどではなく、美容室のカットモデル探しのようだった。だったらもうちょい言い方を工夫すればあんなに断られないとも思うのだが、まあ、そんな忠告をする義理も親切心も、実花にはなかった。

「かわいく？　無料？」

「そう。無料で。超お手軽」

ワタルはその頃、まだ入社二年目のアシスタントだった。「シャローム」では、スタイリストに昇格するために、自前でカットモデルを連れてきて試験を受けなければならないようだった。「まだ見習いかあ」と実花が難色を示すと、ワタルは前のめりになって、大丈夫、と食い下がる。少し軽めの雰囲気の裏に、じわりとした熱が隠れているように感じた。きっと、モデルをしてくれる人を見つけなくてはと必死なのだ。

一生懸命な人は嫌いじゃない。協力してあげたいとは思ったが、ヘタクソにあたってひどい髪型にされてしまってはたまったものではない。考えなしに、うん、いいよ、とは言えなかった。

「ほんとに大丈夫？」

「ほんとに。俺、店の中で一番カットが上手(うま)いので」

線が細くて柔らかい口調のワタルから、急に強気な発言が飛び出してきて驚いた。両目は真っすぐに実花を見ていて、冗談や軽口のつもりではないようだった。

「一番て、まだアシスタントでしょ？」

「そうなんですけど、カットだけは俺が一番で」

「ベテランの人もいるでしょ？」

「いますけど、カットなら俺の方が上手いです」

「なにそれ、かなり傲慢な発言じゃない？」

「すいません」

傲慢、とは言ってみたけれど、ワタルの言葉は、譲れないプライドのようなものだったのかもしれない。言葉に、一本芯が通っているように思えた。

「アタシ、来週合コンなんだけどさ」

「合コン？」

「ちゃんとかわいくしてくれるの？」

ワタルはほのかに笑みを浮かべると、「超かわいくします」「絶対に」と言い切った。その言葉を信じて、多少の迷いはあったものの、実花はＯＫを出すことにした。

数日後、実際にカットをしてもらうと、「超かわいくする」が嘘ではなかったことに驚かされた。とても二年目のアシスタントとは思えないほどの繊細なカットで、それまで通っていた美容室の仕上がりよりもずっとよかったほどだ。おかげで、翌週の合コンでは十分すぎるほどモテて、彼氏もできた。幸か不幸か、それが先週別れた元彼なのだが。


——切りたいって、顔に書いてある。

鏡に映る自分の顔を、もう一度じっと眺める。ワタルの言う通り、バッサリと切ってしまいたい。でもどこかで、一週間前の自分に戻れたら、とも思っている。一言でも「ごめん」と言えていたら、もう少しだけ謙虚な気持ちを持てていたら、彼と別れずに済んだかもしれない。そんな後悔を、髪と一緒に断ち切ろうとするのは、やっぱりカッコ悪い気がした。

「ちゃんと、かわいくしてくれるの？」

「もちろん。超かわいくしますよ」


傲慢な。


実花は、そっと笑うと、息を吸い込んだ。

「やっぱり、いつも通り、で、いいや」

ワタルは、了解、と言うように、軽くうなずいた。実花の髪にすばやくコームを滑らせ、鮮やかな手つきで毛先のカットを始める。

リラックスした表情で、ワタルが実花の髪を切り落としていく。なにも考えていないようでもあり、すべてお見通しのようにも見える。飄々(ひょうひょう)としていて、摑(つか)みどころがない。でも、変な存在感がある。生意気、と、実花は鏡越しのワタルに向かって舌を出した。


ただ、ワタルの手が奏でるシザーの音は、今日も軽やかで心地よかった。

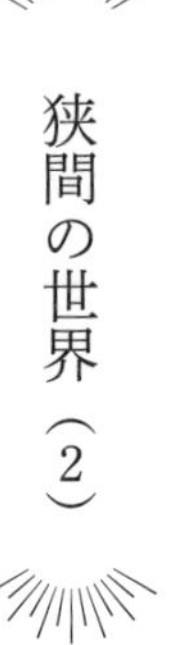

狭間の世界（2）

空を見上げると、いつのまにか、真っ赤な夕焼け空が広がっていた。太陽は建ち並ぶ建物の陰に隠れて、もう見えない。

俺は手のひらからずり落ちそうになるレジ袋を、ぐっと引き上げた。細くなった持ち手が食い込んで痛い。サチの家とくっついてしまった部屋までは、まだもう少し歩かなくてはいけない。

もうじき、夜が来る。

太陽の周りを地球が回っていて、さらに地球が自転している。そんなことは、俺だって当たり前のように知っている。でも、実際に空を見上げながら宇宙のことを考えるのは苦手だ。あの空の向こうにものすごい数の星があって、そのものすごい数の星が集まった銀河が、さらにものすごい数存在している。何億年、と言われただけでもため息が出るのに、何十億光年、なんて言われてしまったら、自分の人生なんかなんの意味もないものだと言われているような気になる。だからなのか、俺は星空を見上げるのがあまり好きじゃない。

駅前商店街を抜けて広い道路を渡り、静かな住宅街の中を数分歩くと、これといった特徴もない一棟のアパートに辿り着く。セキュリティなどろくに考慮されていない入口から敷地に入り、剝き出しの外階段を上る。

「ただいま」

安っぽい銀色のドアノブを捻ってドアを開けると、築二十五年、駅徒歩十五分、家賃六万五千円の俺の部屋はそこになく、別世界が広がっていた。淡い間接照明で照らされた高級感のある空間。つやつやしたフローリングの廊下がまっすぐ奥に続いている。だが、突き当たりのドアを開けると、また空気が変わる。どういうわけか、俺は自分の部屋のクローゼットからひょっこり出てきているのだ。

「意味わかんないな、これ」

苦笑しながら部屋を横切り、本来の入口ドアを開ける。開けた瞬間、視界が開けて、俺はまた高級マンションの一室にいた。

「サチの家」のリビングの一角にあるダイニングスペース脇のドアを開けると、独立型のキッチンがある。本来は、きれいなシステムキッチンが備えつけられていたのだろうが、扉の向こうにあるのは残念ながら俺の家の狭苦しい台所だ。俺は、残念、と舌打ちをする。

「おかえりなさい」

キッチンとダイニングスペースの間にあるカウンター窓から、サチが顔を出した。「俺の部屋」だった時にはガラス窓があったところが、サチの家のカウンター窓になっている。俺が外に出ている間に、サチは着替えとメイクを済ませていた。つい、胸の下まで伸びる長い髪の毛に目が行く。よくケアをしているようで、パサつきもなく、ツヤのあるきれいな黒髪だ。

「どう、でした？　外」

部屋がこの調子では、外も大変なことになっているかもしれない。サチと少し話し合った結果、俺が外に出て様子を見てくることになった。危険がある可能性も考えて、サチには家で待機してもらっていたのだ。俺は小一時間ほど外をほっつき歩いて、こうして無事に部屋へと帰還した。結論から言うと、特に危ない目にあうことはなかった。なぜなら。

「誰もいないんだよね」

「誰も?」

「人がいる気配がまるでなくて。駅まで行っても歩いてる人なんかいないし、車も走ってない。静かでいいけど」

「私も親に電話してみたんですけど、スマホも家電(いえでん)も全然使えなくて」

サチが、手に持っていたスマートフォンの画面を俺に向けた。画面にはなにか表示されているが、文字や画像が蠢(うごめ)いていて、どうしてもなにが表示されているのかがわからない。そりゃ静かでいいね、と言おうとしたが、やめた。

「街はめちゃくちゃでさ。住宅街の中に高層ビルがいきなり生えてる」

「高層ビルが、生えてる?」

「夢で見た風景を、そのまま街にしちゃったって感じ」

サチは、そうかあ、とため息をついた。

「空間がおかしくなったんですかね」

「空間だけじゃないね」

俺はカウンター越しに、リビングから見える外の景色を見た。窓からは青い空が見えている。ついさっき夕焼け空の下を歩いて帰ってきていて、もうじき夜が来ると思っていたのに。

なにか、突拍子もないことが起きている。それだけはわかる。でも、どうしていいかはさっぱりわからなかった。

「あの」

「うん？」

サチが、俺の目の前に人差し指を一本立てて、「いち」と言った。

「小っちゃい星が落ちてきて」

「星？　小惑星とか隕石みたいな？」

「人類がみんな滅びて、なぜか私たちだけが生き残った。部屋が繋がっちゃったのは、爆発の影響で生じた時空の歪みのせい」

この子は一体なにを言い出したのか、と、言葉の意味が理解できずに困惑する。冗談にしては笑いどころがわからないし、本気で言っているなら、発想がかなりぶっ飛んでいる。

「そしたら、街もボロボロになってんじゃない？」

サチはすぐに指をもう一本立て、「に」と発音する。

「私たちは二人同時に眠らされてて、この世界は仮想現実の世界」

「昔、そんな映画あったね」

サチは、続けて三番目、四番目の仮説を立てた。いずれも、よくそんなことを考えつくなと感心するような内容だった。突拍子もないことが起きているとは思ったが、たぶんサチの妄想よりは大した理由ではなさそうだ。

そう考えると、少しだけ肩の力が抜けた。

「想像力がすごすぎる」

「まあ、わかんないですよね、結局のところ」

サチは、くたびれ損、といった様子でカウンターに突っ伏した。

「悪い夢を見ているのかな、私」

「悪い夢？」

「だって、家がくっついちゃうわ、人がいなくなるわ、悪夢ですよね」

「俺はじゃあ、悪夢の中の疫病神的な」

「あ、いや、そういうことじゃなくて！」

サチは体を起こし、顔を真っ赤にしながら目を白黒させている。冗談のつもりだったのだけれど、サチは自分の失言をフォローしようとしどろもどろになった。根が素直なのだろう。俺は変な空気を変えようと、持って帰ってきた大きなレジ袋を流しの上にどんと置いた。サチはごまかすように笑みを浮かべると、カウンターから人差し指を伸ばして境界線を越え、袋をつついた。

「これは？」

「駅前に、俺がよく行くスーパーがあって」

「買い物、できるんですか？」

「もらってきた」

「え、勝手に？」

「勝手にもなにも、誰もいないからね」

サチがダイニングスペースからキッチンにやってきて、改めて袋の中を覗き出した。肉、魚、調味料、野菜。少しのお菓子。スーパーには誰もいないのだが、不思議なことに、商品は整然と陳列されていた。

「こんなにいっぱい」

「食料は必要だろうし」

「ごはんとか食べてる場合ですかね、今、この状況で」

「だって、食わないと死んじゃうでしょ」

「まあ、そう、なんですけど」

「お腹空かない？」

「お腹が空いてるのかなんなのか、よくわからなくて」

「ちゃんと食べないと頭回らないよ」

俺がサチの額を指でつつくと、サチは「あう」と、いかにも頭が回っていなそうな声を出した。

「頭が動けば、体も動く。生きるためには、まず飯を食う」

サチは小難しそうな顔をして、そうですね、と唸った。こりゃ、半分くらいしか伝わってないな、と、俺はかすかにため息をついた。

「自炊するつもりですか？」

「外食したいのは山々なんだけど、誰もいないからね」

ああそっか、と、サチが何度かうなずいた。まだ外に出ていないサチは、この世界の異常さに頭がついていかないのかもしれない。

「料理、できるんですか?」

「いや、できるってほどじゃないけど」

「お料理男子だ」

サチが目を輝かせながら、大げさに持ち上げるので、少し鼻の奥がむずがゆくなった。別に料理が取りたてて得意というわけではなくて、昔からやっているから習慣づいている、というだけだ。

あまりなにも考えずに、「食べたいものとかある?」と聞くと、サチは「えっ」と目を丸くし、両手を頬にやって真剣に悩みだした。つい今しがた「お腹が空いているのかよくわからない」と言っていたのはなんだったのだろう、という変わり身の早さだ。

「えー、なんだろう」

「なんでもいい、は、なしで」

うーん、と、のんびりした声を上げながら悩みだしたサチを横目で見つつ、俺は調達してきた食材を冷蔵庫に収めていく。これだけめちゃくちゃな世界なのに、電気や水道は普通に使える。

「リクエスト」

サチが、ハイ、とばかり右手を軽く上げた。

「あ、決まった?」

「体に悪そうなものがいいです」

体に悪そうなもの? と、俺は思わず聞き返した。人に料理を作ったことはあるが、体に悪そうなものが食べたい、と言われたのは初めてだ。

「どういうこと?」

「カロリー高い！　味濃い！　量多い！　って感じの」

「ああ、なるほど」

「こんな非常事態なわけだし、体型とか健康のことなんか考えないで、ガッツリ食べられたら幸せかなと思って」

俺は、サチの呑気（のんき）な要求に、思わず噴き出した。

「普段は、節制してるんだ」

「私って言うか、母親が。実家で出てくるものって、体にいいものばかりなんですよ。ローカーボ、オーガニック、薄味。健康第一」

「長生きできそうだ」

「そんなに、長生きしたいもんですかね」

「まあ、健康でいられたらね」

サチは、でも、と前置きをしつつ、首を横に振った。

「それが毎日だと、だんだんおいしいと思えなくなってきちゃって」

「薄味だから？」

「味にって言うよりは、体にイイコトをするってことに飽きて」

「ああ、なるほど」

「別に、ちょっとくらいなら、胃がもたれたり体重が増えたりしてもいいのになって思うんですけどね。人間、いつ死ぬかわからないし」

「たまには、胃もたれしそうなものが食べたい、って言ってみるとか」

「そんなこと言ったら、あなたのためにイイモノを食べさせてるのに！　って泣き叫びそうで」

怖くて言えないです、と、サチは眉間(みけん)にしわを寄せながら、無理無理、と手を振った。

「あの、確認だけど」

「確認？」

「なにが食べたいんだっけ？」

もう一回、と言うように人差し指を立てると、俺の意図がすぐに伝わったのか、サチが「カロリー高い！　味濃い！　量多い！」と繰り返して、けらけらと笑った。それまで見知らぬ男としゃべっている緊張感で固まっていた顔が、ようやく少しほぐれたようだ。

「でかいハンバーグとか、大盛カレーとか、そういうのでいい？」

カレー、と発音すると、サチの顔がぱっと輝いた。まるで子供だ。

「カレーいいですね。カレー。カレーライス」

俺は、買ってきた食材を思い返す。肉、野菜、調味料、カレールウ。一通り材料はそろっている。

「カレーでもいいよ。普通のだけど」

「オシャレなやつじゃなくていいんです」

「お母さんカレー的な」

「そう！　お母さんカレー的な」

サチが急に声を張る。

「そんなに興奮するようなもん？」

「もう、随分食べてなくて」

「カレーを？」

「ウチの母は、部屋に臭いがつくからヤダって。外食しようにも、なかなかそういう普通のカレーってないじゃないですか」

あー、と、俺は半分同意した。カレーのにおいを嫌がる人もいるだろう、という気持ちが半分。でも、カレーなんてみんな食べるのにな、という気持ちが半分だ。

「じゃあ、今日の夕飯はカレーで」

「やった！」

サチが小さくガッツポーズをして、「悪夢も悪いもんじゃない」と、よくわからない日本語を使った。

「ちょっと時間かかるけど」

手伝います、と言いながら、サチが腕をまくった。顔には、決意とやる気がみなぎっている。

「聞いてもいい？」

「は、はい」

「普段、料理する？」

「正直に言っていいですか？」

「うん」

「ほとんどやったことが」

「ああ、やっぱり」

「やっぱりって」

「そんな感じがしてた」

「ちょ、ちょっとくらいやりますよ。得意じゃないってだけで」

「別に、部屋で待っててもらってもいいよ」

いや、さすがにそれは、と、サチは首を横に振った。

「初対面の人にごはん作らせて手伝いもしないとか、どうかと思うので」

人として、と、サチは付け加えた。俺は、大げさな、と笑う。

玉ねぎを何個か持ってきて、茶色い皮を剝く。そのまま半分に切って頭と芯を落とす。俺の横に並んだサチが、食い入るように手元を覗き込んできて、やりにくいったらない。

「玉ねぎ、切ったらいいですかね、私」

「あ、包丁、大丈夫?」

「たぶん」

「じゃあ、これをこうやって、スライスで。炒(いた)めて飴色(あめいろ)にするから」

トントン、という音を立てながら包丁を上下に動かすと、玉ねぎが薄く切り落とされていく。包丁は、俺が家で使っていた安物と同じものだ。同じ製品なのか、俺が使っていた包丁「そのもの」なのかはわからなかった。

「手慣れてる!」

「まあ、仕事がら、刃物には慣れてるから」

「お仕事はなにしてるんですか?」

「なんだと思う?　ヒントは、よく切れる刃物を使う」

「殺し屋とか」

「想像力がすごすぎるって」

俺が包丁を渡すと、サチは少し緊張した面持ちで大きく深呼吸をし、まな板に向かった。肩が緊張でガチガチになっている。どうやら、あまり料理が得意でないというのは、謙遜（けんそん）じゃなくて本当のことらしい。包丁を握らせるのと火を使わせるのは、どっちが安全だろうか。判断が難しい。

「無理しなくていいよ」

「無理してない、です」

肩をいからせながら、サチが鼻から息を吐く。トン、トン、という、だいぶゆったりとしたサチの包丁のリズム。真剣な横顔が、俺に「代わろうか？」と言わせない。

「あー、ヤバい」

「大丈夫？」

「前が見えなくなってきて」

見ると、サチの目が真っ赤になっていて、涙がぼろぼろとこぼれ落ちている。玉ねぎにやられたのだろう。大号泣と言っていい状態なのに、顔が笑っている。俺も、「その顔は卑怯（ひきょう）」と言いつつ笑った。

「ちゃんと手元を見ないと、指切るよ」

「うん、でも、最後、あとちょっと」

サチの包丁が刻むリズムが徐々にスピードアップする。だが、玉ねぎが小さくなるにつれ、サチの手元がおぼつかなくなっていった。

「あっ」

「いっ」

サチが、小さくなった玉ねぎに刃を当てようとした瞬間だった。涙がたまって遠近感が定まらなかったせいか、包丁の刃先が滑った。俺が止める間もなく、金属の刃がサチの指をかすめたように見えた。

「切った？」

「あー、どんくさい、私」

左手の人差し指を右手で抱え込みながら、サチは薄い笑みを浮かべた。だが、その言葉の軽さや表情に反して、肩が小刻みに震えている。

「傷、見せて」

俺がサチの手を見ようとすると、サチは俺から一歩遠ざかった。

「大丈夫」

「早く血を止めたほうがいいと思うんだけど」

俺がサチの手を取ろうとすると、サチは、やはり激しく首を振って嫌がった。その様子がただごとではなく、胸がざわりとする。

「違う」

「違う？」

サチが、ようやく力を抜き、呼吸を整えながら傷口を押さえていた右手を放した。胸の前で握っていた、サチの左手の人差し指が、あらわになる。

「おかしいですよね、絶対」

「嘘、だろ？」

包丁の刃は、間違いなくサチの人差し指、第二関節と指の付け根の間あたりをざっくりと切り裂いていた。白い皮膚の下に、赤みを帯びた肉が見えている。思った以上に深い傷だ。この傷だったら、今頃、サチの手は滴り落ちる血で真っ赤になっているはずだ。


――なのに、開いた傷口からは、一滴の血も出ていなかった。


「こんなに切れてるのに」

「サチ、傷が」

しばらくの間、サチの傷口はぱっくりと開いていたが、俺の目の前で次第にふさがっていき、やがてぴたりとくっついた。残り香のように残っていた一筋の傷痕も、音もなく、すっと消えてなくなった。

「やっぱり、悪い夢でも、見てるんですかね、私」

サチが、ふらふらとその場にしゃがみこんだ。悪い夢であってくれればよかったのだが、生憎、夢を見ているような非現実感はなかった。

久遠幸(くどうさち)――傲慢(プライド)

時計の針は夜八時を回ったが、誰一人、自分の席を立とうとしない。パチパチとキーボードを叩(たた)く音が、静かなオフィス内に絶え間なく響いている。又井義也(またいよしや)は大きく息を一つつくと、両手で自分の顔をこすり、疲れた目を指先で揉(も)んだ。

「よう」

突然、後ろから声がして、義也はびくりと肩を震わせた。ちょうど仕事の手が止まっていたところだ。肩をすくめつつ振り向くと、背後には満面の笑みを浮かべた部長が立っていた。慌てて言い訳を考えたが、すぐに必要ないとわかった。部長の目は、義也には向いていなかったからだ。

部長が声をかけたのは、隣の席の、「久遠幸」だ。

久遠は入社二年目の女性社員で、義也の後輩だ。美人というほどではないが愛嬌(あいきょう)のある子で、受け答えも明るく感じがいい。素直すぎるほど素直で、性格もすれていないので、ついついからかったりイジったりしたくなるタイプの子だ。もちろん、やり過ぎればなんとかハラスメントになりかねないので、義也は重々自重している。

「仕事はどうだ、頑張ってるかね」

「あ、はい、なんとか。でも、まだまだで」

「まあ、おいおいでいいんだよ、仕事なんてのはな」

部長がこうして気さくに話をするのは、部の中では久遠に対してだけだ。他の社員たちに笑顔を見せることはあまりない。理由は簡単だ。久遠幸が「コネ入社組」だからだ。

「頑張ります」

「もう、定時過ぎてるし、無理をしなくていいから、あがりなさい」

「その、キリのいいところまでやってから帰ろうかと」

「今日やらないといかんのかね」

部長が、義也に視線を向けた。視線の意味を察して、義也は久遠のディスプレイを覗き込む。定例会議用の報告書だ。大した仕事ではないが、確認事項が多くて無駄に手間がかかる。

「俺がやっとくよ」

義也が空気を読んで、そっと久遠に声をかける。久遠は、いやいや、と、申し訳なさそうに首を横に振った。

「女性なんだし、無理して体壊したら大変だからな」

「いや、でも」

「又井ならどうせ家に帰ってもやることないし、問題ないだろ。なあ」

なにかを考える間もなく、「大丈夫です」という言葉が自動的に口をついて出た。部長は、一度言い出したら聞かない。久遠に「帰れ」と言ったからには、久遠が根負けして帰るまで同じことを言い続ける。抵抗しても無駄だし、義也がさっさと引き継いでやれば、話がスムーズに進むのだ。

部長の機嫌を損ねることはないし、久遠は早く家に帰ることができる。

いいんでしょうか、と、久遠が部長に聞こえないくらいの声で話しかけてきた。いいもなにも、どうしようもないのだから仕方がない。義也は、いいよ、と目で応える。

「じゃあ、あの、お言葉に甘えて、お先に失礼します」

久遠はパソコンをシャットダウンし、身を縮めてオフィスから出ていく。ちらりと義也に視線を向け、申し訳なさそうに頭を下げた。

久遠の姿が見えなくなって、こりゃ今日も終電だな、と思うと、早く仕事を終わらせようという気力が萎えた。義也は袖机(そでづくえ)の引き出しを開けてライターとタバコを引っ摑むと、久遠の後を追うように席を立った。

オフィスのある大部屋を出ると、エレベーターホールの脇に喫煙室がある。自販機で缶コーヒーを買い、タバコを一本咥(くわ)えてドアを開ける。中は煙が充満していて息苦しいくらいだが、義也にとっては、ここが会社で一番落ち着く空間だ。

「やっほ」

吸煙テーブルに持たれかかりながら、先客が義也に向かって手を振っている。主任の瀬戸実花だ。別に申し合わせているわけではないが、この時間帯はよくタイミングがあう。実花は小じゃれたデザインの加熱式タバコを咥え、隣が空いてるよ、とでも言うように、テーブルを軽く叩いた。

「忙しい?」

「おかげさまで、それなりに。今日は終電ですね、こりゃ」

「今日も、の間違いじゃないの」

実花が他人事のように笑う。

「早く乗り切りたいもんですねえ」

「あ、もしかして、頼んだ見積書、まだ手がついてない？」

義也は胸に手を当てて仰け反り、「痛いところを突かれた」ということをわかりやすくアピールした。

「半分くらい終わってるんすけど、別件を先にやらないといけなくて」

「別件？」

「そうなんですよ。ベッケンバウアーなんですよ」

なにそれ、と、実花が鼻で笑った。ちょっとキツめの顔をした実花は、片眉を上げて笑うと色気が出る。

「知らないんすか？　ドイツの皇帝ですよ」

「なんの話？」

「サッカーっす」

「ごめん、興味ないわ。そのベッケンなんとか、手伝ってもらえないの？」

「手伝うもなにも、みんなカツカツじゃないですか」

「んー、久遠とか、手、空いてるんじゃないの」

「あー、久遠さんね」

タバコの香りが充満した口にコーヒーを流し込む。体によくないとはわかっていても、会社で精神を穏やかに保つ方法は、これ以外知らない。

「だめ？」

「今日は、もう帰っちゃいましたからね」

「は？　どういうこと？」

「だって、若い女の子じゃないすか。無理させちゃかわいそうで」

「アタシにケンカ売ってんの、それ」

実花が、加熱式タバコの先を義也の手の甲に押しつける。もちろん、先端に火はついていないので熱くなどないが、義也は反射的に「熱ッつ！」と手を引っ込めた。

「部長が帰しちゃったんですよ」

「また？　あの子の作業はどうすんの」

「俺が引き継ぎました」

問題ないだろ、なあ、と、義也が部長のモノマネをして見せたが、実花はにこりともせず、また片眉を上げた。

「あんたさ、毎回そんなことされて、よく我慢できるね。プライドってもんはないわけ？」

「そんなの、社畜にあるわけがないじゃないですか」

「後輩の仕事押しつけられて、へらへらしてんじゃないっての」

実花が不機嫌そうに舌打ちをする。義也は薄い笑みを浮かべて、すんません、とへらへら謝った。

「見下されてんじゃないの、あんた。部長にも、久遠にも」

「まあ、久遠さん、コネ入社組ですからね」

「コネ？」

「って、知らなかったんですか？」

「あんまり興味ないから、そういうの」

実花は「興味がない」と言い切ったが、社内では明確にコネ入社組と普通入社組で待遇が違う。

「久遠さんのお父さん、うちの会社の顧問弁護士ですからね」

「それで、部長がやたら気を遣ってんの？」

「もう結構前ですけど、うちがいろいろやらかした時、久遠さんのお父さんが全部片づけてくれたらしいですよ。それ以来、頭上がらないみたいで」

「でも、親は親、娘は娘でしょ？」

「大事な娘さんに無理させて、潰しちゃったりしたら大変じゃないすか」

とはいえさ、と、実花は片肘をついて言葉を吐き捨てた。年末の繁忙期、猫の手も借りたい忙しさの中、特別扱いの社員がいては士気にかかわる。チームリーダーの実花には、敏感な問題なのだろう。

「あんたはそれでいいわけ？」

「まあ、俺は別に、迷惑とか思ってないっすね」

「なにそれ。まさか、久遠を狙ってんの？」

「違いますよ。俺のどストライクは、オトナっぽい感じの子で」

「あんたの女の趣味は聞いてない」

実花の冷ややかな視線を受け流しながら、義也は言葉を続けた。

「久遠さんは、持ってる人だから、あれでいいんですよ」

「持ってる?」

「そうすよ。実家は金持ちだし、残業代なくたって困らないでしょうし。きっとね、何年かしたら会社辞めて金持ちと結婚して、子供産んで、幸せに暮らすようになるんすよ。ここで無理する必要なんて、一個もないじゃないすか。俺が久遠さんだったら、へらへらしながら定時で帰りますよ」

「まあ、そうかもしんないけどさ」

「だいたいね、学生時代にバイトもしたことないような子が、急に毎日終電帰りの生活になったら精神病みますって」

義也が、そんな久遠さんは見たくないっすねえ、と言うと、カッコつけんなとばかり、実花がまた加熱式タバコの先を義也に向けた。今度は、当たってもいないのに、反射的に「熱ッつ!」という声が出た。

「でも、庶民だからってさ、見下されちゃたまんないっての」

「別に、久遠さんも俺らを見下してるわけじゃないですよ」

いらだった様子の実花は、傲慢! などとぶつぶつ文句を垂れ流していたが、最終的に「又井が悪い」という結論を出した。義也は「ええ、俺っすか」と返事をしつつ、またすんませんと謝る。プライドもなにもあったものではない。

「庶民はさ、実績出して上を黙らせないと」

「そうっすね。いやそれはもう、百も承知で」

「見積書」

「あー、ああ。まあ、はい、やります」

「あの案件取れなかったら、ますます見下されるんだから。庶民が」

「あの、じゃあ、例のベッケンバウアー、手伝ってもらえませんかね」

「は？　アタシが？」

「コーヒーおごりますんで」

「たまには、早く帰ってだらだらしたいんだけど、アタシだって」

「いやあ、仕事に生きる主任には似合わないですって、だらだらとか」

「なにそれ、どういう意味よ」

「彼氏さんと別れたんですよね？　先週あたり」

「なんでそれを」

今度は頭を叩かれそうになって、義也は咄嗟に一歩後ろに飛びのいた。実花が舌打ちしながら片眉を吊り上げる表情には、やはり色気がある。

「俺の社内情報ネットワークからタレコミが」

「絶対、手伝わねーから、あんたの仕事なんか」

「冗談ですって。なんとかお願いしますよ」

不機嫌そうな表情を作って笑う実花に向かって「サーセン」と、反省の欠片もない謝罪をし、義也は喫煙室を出た。愛煙家とはいえ、喫煙室の中の空気を吸い続けていると、さすがに息が詰まる。外の澄んだ空気が恋しくなった。

義也が喫煙室を出ると同時に、正面のエレベーターの扉が、すっと閉まっていくのが見えた。中に乗っていたのは一人だ。沈んだ目をして、がっくりと肩を落としていた。見えたのは一瞬だったが、胸まで伸びる長い黒髪、というヘアスタイルの女性社員は、フロアに一人しかいない。

後ろを振り返る。薄い壁を一枚隔てて、喫煙室の隣は女性社員用のロッカールームになっている。

「傲慢、ねえ」

義也は少しだけ残っていたコーヒーを飲み干し、ゴミ箱に空き缶を放り捨てた。聞こえちゃったかな、と、独り言が口をついて出た。

狭間の世界（3）

天井の模様。飾り気のない照明。壁紙。小さな化粧台と椅子。窓際には、随分大きくなったパキラの鉢植え。壁に沿って置かれたアップライトピアノは、私が小さい頃に買ってもらったものだ。あまり上手くならなかった。

ふと、左手を見る。

包丁でつけたはずの傷は、痕すら残っていない。

キッチンでは、ワタルが食事を作っている。ドアの外から、かすかにワタルが動き回る音が聞こえていた。

私は指の傷に動揺して、自室に戻っていた。自分から手伝うと言っておきながらなんて勝手な女だ、と思われているかもしれない。でも、どこの誰かもわからない男の人とわけのわからない世界に取り残されて、私はどうしていいかわからなくなってしまっていた。

幸い、ワタルはフレンドリーに接してくれている。私も明るく振る舞って現実から目を背けられたら、と思ったのだけれど、血の出ない指を見て、なにかがぷつんと切れてしまった。これは本当に夢の中の出来事なのだろうか。自分の部屋に閉じこもって見慣れたものに囲まれていないと、頭がおかしくなってしまいそうだった。

突然、外から、こんこん、というノックの音がした。ベッドに腰をかけていた私は、慌てて体をドアに向け、少しめくれていたスカートを直し、はい、と返事をした。不安で固まった顔を見られまいと、前髪を下ろす。

「生きてる？」

「生きてる、と思うんですけど」

私は自分の胸に手をやって、心臓が動いているのを確かめた。緊張のせいか、心臓は少し強く胸を叩く。血も出ないのに、一体なにを懸命に動かしているんだろう。ほんとに生きてる？　と、何度も自分に確認をする。

「ちょっとだけ開けてもいい？」

ドアレバーが、ほんの少し動く。見られて困るものは別になにもないけれど、知らない男の人が自分の部屋に入ってくることにはさすがに抵抗感がある。嫌、やめてください、という言葉を伝えられないでいるうちに、かちゃり、という軽い音がして、うっすらとドアが開いた。

ドアが開け放たれて、私を守るウロコが剝がされる。外は、私の理解できない奇妙な世界だ。怖い。出たくない。どうせならこのまま部屋の中に放置しておいてほしい。もし、ごはんを食べずに栄養が足りなくなって死んでしまったとしても、それはそれでいいのではないかと思った。

けれど、身構えてはみたものの、それ以上ドアは開かなかった。ほんのわずかに開いた隙間から、ワタルの緊張感のない目がこちらを覗いている。目が合った瞬間に、お互い軽く噴き出した。大きな笑いにはならなかったけれど、私の肩から力がすとんと抜けた。

「そんな、覗きみたいなの、やめて」

「いや、なんか緊張するしさ」

「緊張？」

「女の子の部屋なんて、あんまり見ないしね」

「ウソですよね？」

「嘘？」

「なんか、モテそうですもん」

「いやまあ、全然モテないってわけでもないんだけど」

隙間から見えるワタルの片目との会話がまどろっこしくなって、私は立ち上がり、自らドアを開けた。ドアの向こうの世界に立っていたワタルが、笑顔で私を迎えた。

「よかった、生きてた」

「生きてますよ、そりゃ」

指切ったくらいで死なないです、と、私はうつむきながら答えた。

「さすがに、こんな誰もいないところに俺一人だけ取り残されたら、頭おかしくなりそうでさ」

「え？」

「こうやってしゃべれるだけでも、ちょっと安心するよね」

意外な言葉を聞いて、思わず顔を上げた。緊張感のない顔。あまり動じているようには見えないワタルだが、ドアの向こうでなにを思っていたのだろう。

「あのさ」

「は、はい」

「よかったらだけど、飯食わない？」

「ごはん」

「なんかほら、カレーって作り過ぎちゃうんだよね」

一人じゃ食い切れないから、と、ワタルは微笑む。勝手にリクエストをしておいて食べもしないなんて、それこそ人としてどうかと思うけれど、なかなか部屋の外に出ようという勇気が湧いてこない。私を守ってくれるものがなにもない世界に飛び出してしまったら、この部屋には二度と戻れなくなるような気がした。

「私、どうしていいのかわからなくて」

「そりゃ、そうだよね」

「夢ならいいのにって目を閉じても、目を開いたらやっぱり同じで」

唇が震える。言いたいことは次から次へと頭の中に溢れてくるのに、それを言葉にして伝えられない。思いだけが胸を埋め尽くして、体が破裂しそうに苦しくなって。

「あ」

突然、ぐう、という大きな音が鳴って、私もワタルも目が点になった。音の出どころは、間違いなく私だ。

私というか、私のお腹だ。

「あの、別に我慢してたとかじゃなくて」

開いたドアからは、カレーの香りが漂ってきていて、私は食欲をそそるいいにおいに包まれていた。言葉を続けているうちに苦しくなって息を吸い込むと、鼻から体の中にカレーのにおいが入ってくる。頭の先っぽまでにおいが届いて、あ、おいしそう、と思った瞬間、胃がぎゅっと縮んで、かなり激しい音が出た。部屋に閉じこもって、「このまま飢え死にしたっていい」と考えていたさっきまでの自分が、恥ずかしいくらいバカっぽく思える。

「においに体が反応しちゃっただけで」

ワタルは、必死に言い訳をする私の様子を、きょとんとした顔で見ていた。そのうち、声を殺して笑い出す。私の顔はきっと、隅から隅まで真っ赤になっているだろう。指からは出血もしないくせに、血はどこから顔に集まってくるのだろう。ほっぺたが熱い。

「あー、あのさ」

「はい」

「食べる？　カレー」

私は、そうします、と力なくうなだれた。食い意地の張った女だと思われるのは不本意だけれど、胃袋が犯した失態は致し方ない。今から、世界がうんたらかんたら、なんて言い出しても、一つも格好がつかない。

ワタルの後について、部屋から出る。ダイニングスペースには、四人掛けの黒いテーブルがある。テーブルの上には、すでに二人分の夕食が用意されていた。「ワタルの家のキッチン」からやってきた、カレーの盛られたお皿が二つ。他に、小さなサラダとスープまでついている。私は、恐縮しながら、定位置である席についた。ワタルは、私のちょうど向かい側に座った。いつもは、父が座っているところだ。

「すごいちゃんとしたごはん」

「そう？」

「なんか、ちょっと尊敬してしまう」

ワタルは、いただきます、と手を合わせた。細くて長い指が真っすぐに伸びていて、とてもきれいだ。美しくて優しそうではあるけれど、やっぱり女の手とは違う。節々が力強くて、男、という感じがする。

けれど、その彫刻のような手に、一か所だけノイズのような場所があった。左手の人差し指、第二関節と指の付け根の間。ついさっき私が包丁で切ってしまったのと同じところに、赤黒い肉の盛り上がりがある。刃物で切った痕だろうか。昔は、ワタルも包丁で指を切ったことがあるのかもしれない。そう思うと、ほんの少しだけ自分への慰めになった。

「大丈夫？」

「あ、大丈夫です」

私は慌ててワタルの手から視線を外し、ワタルに倣(なら)って、いただきます、と手を合わせた。スプーンを取って、一口分のカレーライスをすくい上げる。大きめに切られた柔らかそうな鶏肉(とりにく)。頭の中でグルグルしていたことが動きを止めて、食欲に意識がいった。

「おいし！」

ワタルのカレーはとてもほっとする味だった。カレーは難しいことを考える必要がないのがいい。

甘くて、辛くて、温かくて、お腹にたまる。マナーや作法も関係ない。スプーンですくって、口に入れる、それだけだ。

　しばらくの間、皿とスプーンが触れ合う音だけが響く。ワタルは私を無視するわけではないけれども、黙々と食事を続けていて、私は私で気の利いた話題を振ることもできないでいた。それは、仕方がないことだ。


　私は、ワタルのことをなにも知らない。

　ワタルも、私のことをなにも知らない。


「なんか、緊張するな」

「え？　あ、そ、そうですね」

「こんなきれいなテーブルを汚しちゃったらどうしよう」

　そっちか、と、私は言いかけた言葉をカレーと一緒に呑み込んだ。「初対面だし、いきなりごはんってのも緊張しますよね」という言葉が、胃袋に落ちていく。

「あの」

「ん？」

「なんで、そんなに落ち着いていられるんですか」

「俺、落ち着いてる？」

「驚きの落ち着きようです」

「それなりに動揺してるんだけどな」

「動揺してたら、こんなにちゃんとごはん作れないですよ」

「逆」

「逆？」

「普通のことをすれば、落ち着くかなと思ってさ」

「普通の、こと」

「米を研いでご飯を炊く、とか」

一心不乱に玉ねぎを刻むとか、と、ワタルは続けた。それは、普通のことと言っていいのか、料理オンチの私にはいまいち判断ができない。

「でもまあ、飯食って、ウマい、って思えたら、そんなに悪い状況じゃないんじゃないかって思うんだよね」

「人がいなくなっちゃったのに、ですか」

「誰もいない上に食料もなかったら終わりだけどさ。少なくとも、生きていけそうな感じはあるし、最悪ではないかなって」

そっか、と、私はスプーンを咥えたまま、ワタルの言葉を嚙みしめた。平凡な私の日常がどうして、人のいない、時間と空間がねじ曲がった世界になってしまったのかはわからない。そんな世界に私一人取り残されていたら、パニックと絶望で今頃ただひたすら泣いていたかもしれない。でも、こうして会話をする相手がいる。ごはんが食べられる。

少なくとも、「最悪」ではない。確かにそうかもしれない。

「もう、考えてもしょうがないですよね！」

残りのカレーを一気に平らげると、かなりの満腹感が襲ってきた。私もワタルも椅子に寄りかかって、苦しげに息を吐いた。私が「食べすぎた」と言うと、ワタルが「俺も」とうなずいた。なんだか無性に面白くなって、顔を見合わせて笑った。

「おいしかった。ほんとに料理上手」

「あのさ」

ワタルが、飄々としながらではあるけれども、ぎゅっと表情を固めたように見えた。お互いの両目ががっちりと噛み合って視線を外せない。なにを言い出すかと、私は少し緊張して、椅子にもたれかかっていた体を起こした。胃が圧迫されて苦しいけれど、そんなことも言ってはいられない。

「は、はい」

「ご飯、食べない？」

「ええと、今まさに暴食したばっかりだと思うんですけど」

「もし、明日、世界がこのままだったら」


一緒に、ここで。


「一緒に」

落ち着き払ったように見えるワタルも、内心では怖がっていたり、困惑したりしているのかもしれない。そりゃそうだ。こんな不思議な世界にいきなり放り込まれて、なにも感じない人のほうがどうかしている。

「私は、その、おいしいものが出てくるなら、異存なしです」

「決まり。約束」

ワタルが、すらりとした腕を伸ばし、私の前で拳を握った。一瞬、どうすればいいのかわからずに戸惑ったけれど、ワタルの目を見ると、なんとなく意思が伝わってきた。私も同じように手をグーの形にして、腕を伸ばす。

ワタルの指に刻まれた、傷痕。私は、消えてしまった自分の傷痕を重ねるように、こつんと拳を合わせた。

「カレー、まだあるんですか？」

「ああ、うん。冷蔵庫に入れてある」

「じゃあ、明日もカレーですかね。二日目カレー」

「ああ、どうしよっかな」

「一日置いたカレー、おいしいですよね」

これがもっとおいしくなるんだ、と、私が笑うと、ワタルは少し首を捻りながら、窓の外の景色に目をやった。さっきまで昼間だった外の景色が、いつのまにか夜になっていた。

「だといいんだけど」

「うん？」

「二日目がいつになんのかわかんないからさ、この世界」

†伊達恒——憤怒（ラース）

陽が落ちると一気に風が出てきて、氷点下十五度まで気温が下がった。伊達奈緒美（なおみ）は毛糸の帽子を目深（まぶか）にかぶり、風に乗って横殴りに吹きつけてくる雪を避けようと肩をすくめる。振り返ると、小高い丘にいくつもの明かりが点（とも）っているのが見えた。

なにもない田舎町に温泉リゾートが建設されたのは、五、六年前のことだった。これという観光資源のない町がタダ同然で土地を提供し、誘致を成功させたのだ。施設の誘致に成功した町は、イメージアップのために隣接する村を巻き込んで合併まで行い、町名を「天ノ川町（あまのがわちょう）」に変えてしまった。どうやら広告代理店が間に入っていろいろお金も動いたようだが、いち町民である奈緒美に、詳しい経緯はわからない。

リゾート施設が建つ町はずれの高台には、「星降る丘」などというふざけた名前が与えられた。そんな子供だましで田舎町に人なんか来るのか、という町民の嘲笑をよそに、開業以来、施設は観光客で賑（にぎ）わっている。

施設が建つ前、「星降る丘」は、忘れ去られたような公園がぽつんとあるだけの寂しい場所だった。この町の住民は、ほとんどが高齢者だ。わざわざ急な坂を上って高台の公園に行こうという人間はおらず、いつも人がいなかった。まだ子供たちが幼かった頃、奈緒美はよくその公園に行った。子供たちを自由に遊ばせている間、奈緒美はベンチに座り、町を見ながらタバコを吸うのが好きだった。

高いところにいると、それだけで自分が偉くなった気になる。大地に貼りついたような小さな町に肩を寄せ合って住む三千人足らずの町民を、上から見下ろすのだ。


なんて、小さくて、哀れなんだろう。

みんな、私と一緒だ。


奈緒美の夫は、長年患っている病気のせいで働くことができない。家計を支えるためには、奈緒美が働かなければならなかった。一日一日が糊口(ここう)をしのぐ生活だ。公園は、毎日の生活で擦り減った奈緒美が、自分の心を癒(いや)すための拠(よ)り所(どころ)だった。高台から人々を見下ろすわずかな時間、奈緒美は貧しさや不幸から逃れて、自尊心を保つことができた。

だが、その公園も今はない。

奈緒美は今、そのリゾート施設で働いている。早朝から出勤し、陽が落ちるまで休む暇もなく働き続ける。丘の上からの景色をのんびりと眺めている余裕など、もちろんない。仕事中は戦場のような忙しさだ。

奈緒美が月十数万円の賃金を稼ぐために汗水を垂らしている横で、身ぎれいな親子連れが、一泊十数万円もする部屋に入っていく。奈緒美は毎日、自分の惨(みじ)めさを痛感しなければならない。高いところから風景を見下ろしたくらいで満足していた自分がいかにバカだったかを思い知らされる。

腹の中に湧き上がる行きどころのない怒りを抱えながら、奈緒美は帰路を急いだ。擦り切れそうなジャンパーと自分で編んだ毛糸の帽子、マフラー、手袋。できる限り厚着をするものの、雪が降って風が出てくると寒さを防ぎきれない。見てくれなど気にせずにタオルを頬っかむりにし、縮こまるようにして歩く。

「ただいま」

雪道を一時間歩き、ようやく家につく。ほとんど手足の動かない夫は介護ベッドに横たわって目を閉じていたが、奈緒美の声を聞くと、申し訳程度に「おかえり」と返事をした。

家に帰るなり、まずは夫のトイレの介助をする。奈緒美が仕事に行く日はヘルパーが何度か家を訪問してくれることになっているが、それでも十分とは言えない。病気を発症してから十五年、以前は杖（つえ）を使えばなんとか自力で歩けていたが、今はもう介助がないと難しい。治療法もなく、いずれはまったく動けなくなってしまうそうだ。

「腹が減った」

トイレから出ると、しわがれた声で、夫が空腹を訴える。わかってるわよ、と声を荒らげながらようやく上着を脱ぎ捨てて、腰を下ろす間もなく台所に立った。コンロの上には、カレーの入ったホーローの鍋が置いてある。冬場の台所は天然の冷蔵庫だ。鍋のまま放っておいても腐らない。

鍋を火にかけると、夫が「またカレーか」と愚痴った。

「食べられるだけありがたいと思いなさいよ」

「まあ、そうだけどよ、おめえ、昨日も一昨日もだろうが」

うるさい、と声が荒くなる。忙しい時は、作り置きできて、温めなおせば食べられるカレーが一番楽でいい。不精をしているという自覚はあるが、病気とはいえ、なにもせずに寝ているだけの夫に言われると、どうしても腹が立った。

「明日も一緒だからね」

「おめえのカレーはなあ、甘ったるくて旨くねえんだよなあ」

「文句でもあるの？」

「料理はあれだ、おめえよりワタルのほうが上手だな」

　奈緒美はお玉をカレー鍋にぶん投げると、居間まで顔を出し、じゃあ自分で作れ！　と大声を上げた。夫は強張って動かない手を揺らしながら、こんな手でなにができるってんだ！　と言い返してきた。

　なんで自分が責められなければならないのだ、と思うと、涙が出てきそうになった。悲しい、辛い。そんな弱い涙はもう出ない。涙を押し出そうとするのは、激しい怒りだ。

　奈緒美はカレーを火にかけたまま乱暴に居間を突っきると、凍てつく玄関で座り込んだ。沸騰した怒りのせいで、手が震える。感情を抑えながら、電話を掛けた。

「あんた、今なにしてんの？」

　電話の向こうから「休憩中」という間の抜けた声が聞こえてきて、腸が煮えそうになった。相手は、息子のワタルだ。

「いつこっちに帰ってくるの。大晦日？　なんでそんな遅くなんのよ」

　奈緒美には、息子が二人いる。上の息子のワタルは東京で美容師をしていて、下の息子は札幌の大学に通っている。本当は、ワタルには夫の介護を手伝ってほしいのだが、そうもいかない事情がある。

下の子は兄に比べて小さい頃からかなり頭の出来がよかった。親としてはせめて下の子だけは大学に行かせてやりたかったが、奨学金を受けたとしても、生活費までは工面できない。そこで、高校三年の弟が受験して大学を卒業するまでの五年間、通信制の美容学校を卒業して美容師の資格を取っていたワタルが東京に出て働き、生活費の仕送りをすることになった。

こっちよりも賃金相場が高いと言っても、美容師の収入などたかが知れている。奈緒美は、もっと実入りのいい仕事を選べばいいのにと思っていたが、あえて言わなかった。頭のいい弟とは違って、ワタルの長所といえば、手先が器用、ということくらいだ。高給取りにはなれっこない。

とにもかくにも、ワタルの援助で下の子は無事に卒業を迎えることができそうだった。就職も決まり、単位も取り終わった。卒業までの数か月は自由にバイトもできる。もう仕送りは必要ない。ワタルが東京にいる理由はなくなったのだ。

奈緒美は、早く実家に帰ってくるよう、ワタルに再三催促をしていた。今後は大企業に就職した下の子が金を稼いで、実家の援助をしてくれればいい。大した稼ぎが見込めないワタルには実家に戻ってきてもらって、夫の介護を手伝わせなければならない。東京で五年も好きにさせてやったのだから、もう十分だろう。

なのに、ワタルはなんだかんだと理由をつけて、なかなか帰ってこない。美容室は年末が繁忙期だから乗り切るまでは退職できないという。実際のところはどうなのかわかったものではない。都会暮らしに慣れて、田舎に帰るのが嫌になっているに違いない。

「あんた一人くらい辞めたってなんてことないから。そう言うけどあんたね、このままだと、お母さん体壊して働けなくなるわよ」

病気の夫を抱えながらリゾート施設で働く生活は、心と体を同時に疲弊させる。もう限界を迎えそうだというのに、夫もワタルも、何一つわかってくれない。またむらむらと怒りが湧いてきて、過去の遺物のような古い携帯電話に向かって怒鳴りつけた。早く帰ってきてもらわないと、頭がどうにかしてしまう。

——俺にだって、俺の世界があるんだよ。

ワタルは静かにそう言うと、奈緒美の言葉も待たずに電話を切った。なに？　一丁前に怒ったの？　親に向かって何様のつもりなの、と、奈緒美は携帯を放り投げて、収まらない怒りを吐き出した。

「おい、なんか焦げ臭えぞ！」

居間から夫の声が聞こえてくる。そういえば、鍋を火にかけっぱなしだ。奈緒美は、どうして私だけが、と絶叫したくなるのを、頭をかきむしって抑え込まなければならなかった。

狭間の世界（4）

「あ、旨い」

俺は、温めなおしたカレーをひとすくいし、味を見た。酸味が薄れて、まろやかになっている。間違いなく、一晩おいた「二日目のカレー」だ。

この世界の時間はあいまいで、俺をきっちりと縛ってはくれない。昼夜が急に変わることもあるし、時計も役に立たない。時間に縛られないと言うと気楽なようだけど、時間が存在しない世界は光がまったく届かない闇の中と同じで、自分の立ち位置がわからなくなる。

ぶつっ、という不機嫌な音を立てて、カレーの表面の泡が弾けた。はねたカレーが手に当たる。熱っち、と手を引っ込めると同時に、玄関チャイムの音が鳴った。俺とサチのほかに誰かいるのか？　と、火を止めてリビングに飛び出した。

「ちょっと、失礼するわね」

玄関まで出ていく前に、リビングのドアから勝手に人が入ってきた。化粧っ気のない女性で、見た感じ、歳は四十代後半くらいに見える。髪の毛はあまり手入れをしていないショートのパーマスタイルで、傷みが激しいな、と思った。オシャレとは言い難い黒緑のメガネをかけていて、上は蛍光色のダウンジャケット、下はストレッチ素材のジーンズという格好だ。背中には、よく見るメーカーのリュックを背負っている。色は派手な紫色で、かなり服装とケンカしていた。

「ごめんなさいね、遅くなっちゃって」

「遅くなった?」

「ずいぶんと不思議な造りね、ここ」

突如(とつじょ)現れた女性は、誰の了解を得るでもなくリュックを下ろし、ダウンジャケットを脱ぐ。この世界に俺とサチ以外にも人がいたのだ、という感動を味わう間もなく、女性が手招きをして、座れ、と言うようにダイニングの椅子を指さした。俺は言われるまま、ダイニングテーブルを挟んで、女性の正面に腰かけた。

なにごとかと思ったのだろうか、サチも部屋から出てきて、俺の隣に座った。アイコンタクトで、誰? と聞かれるが、肩をすくめることしかできない。女の顔をまじまじと見るが、やはり見覚えはない。

「あなたたち、二人でいるの?」

「気がついたら、家がくっついていて」

「珍しいわね。夫婦? でもまだ若いわね。恋人同士かしら」

違います、と、サチが慌てた様子で否定した。

「俺たち、昨日初めて会ったばかりで」

それは困っちゃったわね、と、女が眉間にしわを寄せた。

「若い男女だし、いろいろ考えなきゃいけないんだろうけど、こういうことってめったにないから。でも、別に自由にしてくれていいんだけどね。お互い好意があるなら誰もとやかく言わないから」

「あ、いや」

放っておくと、一人で延々しゃべっていそうな女性の言葉を遮り、俺は右手を軽く上げた。

「なにかしら」

「そもそもの話をしてもいいですかね」


あなたは誰ですか？


ものすごくシンプルな疑問を投げかけると、女性は、それを今から説明するところ、と答えた。

「私は、サカキっていうの。美人管理人の」

「管理、人」

美人、ね、と、サカキは自分の言葉を強調した。

「『狭間の世界』にようこそ」

「ハザマ？」

「そう。狭間」


——生と、死の狭間。


生と死。サカキが、つるんと吐いた言葉には、予想以上の重みがあった。言葉の意味を呑み込もうと、俺は頭を働かせる。俺とサチがいるこの部屋、この世界は、狭間。生と死の、狭間。つまり。

「俺たちは、死んだ、ってことですかね」

「そう。正確に言うと、今まさに完全なる死を迎えようとしているところ」

「完全なる？」

「肉体が死んで、魂の器がなくなってしまうことね」

なるほど、と、俺は部屋を見回した。この世界は、死んだ人間の魂が行きつく世界ということだろうか。俺は死んで、俺の魂がこの「狭間の世界」とやらに送られた。サチも同じように、なんらかの原因で死んだ。


そんなことを言われても、全然ピンとこない。


ショックを受けているかもしれないと、サチの横顔を見る。だが、サチはサチで俺と同じようにいまいちピンとこないのか、興奮するような様子もなく、じっとサカキの話に聞き入っていた。

「なんか、リアクション薄いわね、あなたたち」

「いや、正直、実感がないというか」

「結構、大泣きしたり、パニックになったりする人が多いんだけど」

サカキは、過去の大変だった魂について、またマシンガンのように語り出した。キリのいいところで割り込まないと、話が終わらない。

「煉獄（れんごく）、なんでしょうか、ここは」

それまで黙っていたサチが、ぽつり、とつぶやいた。れんごく。聞いたことのない言葉だ。言葉の響きが「地獄」と似ていて、おどろおどろしい感じがする。

「ずいぶん難しい言葉を知ってるのね、お嬢さん」

「あ、私、カトリック系の学校に行っていたので」

なにそれ、と、俺が耳打ちすると、サチが簡単に説明をしてくれた。煉獄というのは、天国と地獄の「狭間」のようなもの。神様の言いつけを守った善人は天国に行き、悪人は地獄に行く。けれど、完全なる善人でもなく、地獄に落とすほどの悪人でもない、という微妙なラインの人間は、煉獄に送られる。死者は煉獄で魂を浄化されて、天国へと向かう。

「そんな面倒なとこじゃないわ。もっといいところよ」

「いいところ?」

「人間、死ぬ時はやっぱり、色々抱えてるものなのよ。家族とか、やり残したこととかね。でも、未練があると魂が肉体から離れられなくなっちゃうのよ。だから、この世界に招いて落ち着かせるってわけ」

「未練を断ち切るってことか」

「もちろん、無理に魂と肉体を断ち切ったりはしないわよ。ここで平穏に暮らしてるうちに、自然と死を受け入れて、みんな魂の世界に旅立っていくのよ」

「魂の世界ってのは、天国ってことですかね」

「さあ。私はこの世界の住人だから、先にある世界のことは知らないわね」

生きている人間が死後の世界を知らないように、サカキも「狭間の世界」より先にある世界のことはわからないらしい。

「私たちは、いつまでここにいるんでしょうか」

消え入りそうな声で、サチがサカキに質問をした。

「いつまででも。思う存分いてもらって構わないわよ」

「思う存分？」

「ここは、いいところよ。悲しみもないし、苦しみもないし。なにをしても自由。時間はいくらでもある。求めるものは与えられるし、煩わしいものは消える。病気もケガもないわね。もちろん、死ぬことも」

これ以上はね、と、サカキが笑い飛ばしたが、さすがに笑う気にはなれなかった。

サカキの話によれば、人間は死んで肉体を失い、魂となっても、生前の習慣や感覚に強く縛られるのだという。だから、「狭間の世界」でも空腹を感じたり、眠くなったりする。飲まず食わずでも「これ以上」死ぬことはないが、食事や睡眠といった、生前の習慣を続けても問題はない。体の不調や痛みを感じることはあるが、それはあくまでも感覚だけだ。俺たちの体もこの世界自体も、生前の記憶をもとに再現されたイメージに過ぎない。

テーブルの上でそっと組まれた、サチの指先を見る。傷が跡形もなく消えたのも、血が一滴も出なかったのも、そういうことか、と理解する。

「でも、あなたたちどうしちゃったのかしらね。まだ若いのに」

「死んだ、って言われても、なんにも覚えてないけどなあ」

「私も、全然思い出せないんですけど」

「ああ、それはそういうものなのよ。死の間際の記憶が残ってるとね、なかなか安らげないでしょ。だから、死にまつわる記憶は消えるの」

ずいぶん合理的な、と、俺は苦笑した。確かに、自分の死の記憶がありありと残っていたら、こうしてのんびりと話なんかできっこないだろう。

「サカキさんは、その」

「なあに？」

「神様、なんでしょうか」

「神様、じゃないわよ」

サチが「神様」の「か」を言ったくらいで、サカキは言葉を被せてきた。表情は真顔のままだが、怒った様子はない。こういう物言いをする人なのだろう。人なのかどうかはわからないが。

「よく間違われるのよね」

「あ、そう、なんですね」

「これ、っていう表現の仕方はないけど、大家さん、くらいの感じでいてくれるといいと思うわ」

「この部屋の？」

「この世界のよ」


それからしばらく、サカキは「狭間の世界」について、基本的なレクチャーをし、また颯爽とリュックを背負って、風のように部屋を出ていった。曰く、「次の人」がまだたくさんいるらしい。よくしゃべる人が去った後には、自分たちは死んだ、という絶望的な告知を受けた俺とサチが取り残された。サチは呆然とした様子でふらふらとリビングスペースに移り、力なくソファに座った。

「そりゃ、血も出ないわけですね」

ソファにぐったりと身を預けたサチが、左手を天に向かって伸ばした。

「そう、だな」

「私、眠ってる間に変なウイルスとか注入されて、ゾンビにでもなっちゃったのかなと思ったんですけど」

想像力がすごいよ、と答えながら、俺は一人分のスペースを空けて、サチの横に座った。

「まさか、ゾンビ以上に死んでるとは思わなかったです」

「なかなか、自分が死んでるって気づく人はいないんじゃないかな」

俺もサチと同じように自分の手を真上に向かって伸ばし、いっぱいに広げた。俺の意思通りに手は動く。握ったり開いたりすると、筋肉が動いている様子がわかる。これがすべて、「魂が肉体にいた時のイメージ」と言われても、どこから信じていいのかわからない。

「きっと、元には戻れないんですよね、私たち」

「まあ、今まさに死んでる最中みたいだしね」

「なんで死んだんでしょうね」

「病気で突然死したか、事故に巻き込まれたのか」

小っちゃい星が落ちてきたからですかね、と、サチがつぶやいた。俺は、想像力が——、とツッコむ気分にもなれず、そうかも、と答えた。

そんなのダメよ、と、久遠まりやは声を荒らげた。ダイニングテーブルをはさんで向かい側に座って紅茶を飲んでいた娘が、びくりと肩を震わせながら、上目遣いでまりやを見る。

「しょうがないよ、仕事だし」

「だって、休めるでしょう普通。お正月なんだから」

「今、忙しい時期で大変だし、下っぱの私が休むわけにいかないでしょ」

「お正月も休ませないなんて、どうかしてる」

「大晦日と三が日はちゃんと休めるよ」

「だから、それじゃダメじゃない」

久遠家は、毎年ハワイで年を越すのが恒例だ。夫の仕事納めに合わせて日本を発ち、まりやのお気に入りのホテルに宿泊する。時間が許す限りハワイに滞在して、日本の寒々しい正月とは違う開放的な年越しを堪能する。まりやにとっては、年に一度の楽しみだ。

にもかかわらず、今年は娘が出発日まで出勤で、参加できないという。三か月前から航空券もホテルも押さえているのだ。十二月も二週目、出発まで一か月を切ってから言われても、いろいろ困ってしまう。

「前から言ってあったじゃない、今年もハワイ行くよって」

「前から言ってたじゃん、今年はどうなるかわからないよって」

「だって、どうにかなるでしょ、普通の会社なら」

「どうにもなんないことが、ついこの間の会議でわかったんだってば」

「有給休暇だって残ってるはずでしょ」

「先輩もみんな休まず働いてるのに、私だけ有休とってハワイなんて、できるわけないじゃん」

なんでよ、と、まりやは食い下がる。

「一緒に行くのが嫌なの？」

「そういうわけじゃないってば」

娘が就職したのは、弁護士である夫が顧問を務める大手企業だ。企業側の幹部とも懇意にしていたこともあり、夫のコネクションを使って縁故採用してもらうことができた。安定していて福利厚生も手厚い大企業に就職できてひと安心という気持ちだったのだが、年末に休みも取れない部署に配属されるとは思わなかった。

有名企業に入ったとはいえ、娘が何十年も働き続けることは、おそらくない。会社員生活には早々に見切りをつけて、家庭に入る道を模索する方が賢明だとまりやは思っている。女が花と言ってもらえる期間は、案外短い。のんびりしているサチにちゃんとした男性を紹介してやるのも、母親の務めだ。誠実で、経済的にも裕福な相手を選んでやらなければならない。

今、会社で仕事を頑張っても、あと数年で退職する時期が来る。残業だ休日出勤だと一生懸命になることも人生勉強としてはいいのかもしれないが、将来を考えれば、今はできるだけ自分磨きに時間を使った方がいい。

「会社に尽くしたって、どうせなんにもならないんだから」

「そうなんだろうけど、でもそうじゃなくて」

「サチ一人くらいいなくたって大丈夫でしょ」

一瞬、娘の顔が凍り、表情が変わったように見えた。なにか悪いことを言っただろうか、とも思ったが、動き出した舌はなかなか止められない。まりやはいかに家族旅行が大事かということを説明したが、娘の表情は硬いまま変わらなかった。

「わかった。じゃあ、お父さんに頼む」

「お父さんに？」

「お父さんから、サチを休ませるように言ってもらうね」

娘の直属の上司と夫は、個人的にも付き合いがある。以前から、あまり無理をさせないようにお願いをしているし、年末に有休をとりたい、というくらいの希望なら問題なく受けつけてもらえるだろう。

「やめてよ、そんなの」

「なんでよ」

「なんでって、今の部署にいられなくなっちゃうってば」

「だったら、異動させてもらったらいいじゃない。そのほうがいい」

「そういうことじゃなくてさ」

「あのね、お母さんはサチのこと心配して言ってるんだからね？」

「心配してくれるのはありがたいけど」

「けど？」

「いや、けど、って言うか」

「サチは無理しなくていいから」

まりやがスマートフォンを手に取ると、ちょうどリビングのドアの向こうから物音が聞こえた。

夫が帰宅したのだ。寝室で着替える夫に早いところ話をつけなければと、まりやは椅子から立ち上がった。

「お母さん、やめてってば」

「大丈夫だから。お父さんがちゃんと言ってくれるから」

「もう、だから、いいってば！」

リビングを出て行こうとするまりやの後を、娘がくっついてくる。ドアレバーに手をかけると、後ろから腕を摑まれた。軽く引っかかったという感じではなく、ドアからまりやを引き剝がそうという明確な力を感じる。

「だったら明日、部長さんに休ませてほしいって言いなさいよ？」

「言わないって。休まないから」

「じゃあ、お父さんから言ってもらうしかないじゃない」

娘が食い下がってくるのが、まりやには理解できなかった。数年後には無関係になる会社や人間に義理立てする必要なんて、どこにあるだろう。

娘が「休みにくい」と言っているのは、職場に蔓延(まんえん)する同調圧力のようなものに逆らえないだけだ。優しい子に育ってくれたことは喜ばしいことだが、押しの弱い人間に配慮してくれるほど、社会は甘くない。生きるための権利は、主張しなければ勝ち取れない。

まりやも、二十代の頃は普通のＯＬだった。そのまま仕事を続けていれば薄給の事務員で終わっていたはずだが、そうはならなかった。職場に出入りする弁護士の卵に目をつけ、結婚を狙って計画的に接近した。結婚後は家庭に入って夫の独立を後押しし、今の裕福な生活を手に入れたのだ。変な倫理観にとらわれていたら、こうはなれなかった。

まりやは自他ともに認める世渡り上手だが、娘にはそういった要領のよさ、思い切りのよさがない。親としては、娘が苦労しないようにきっちりとレールを敷いてやる必要がある。自分が若い頃に経験した苦労だとか貧乏だとかを、娘に味わって欲しくはない。

「ねえ、ちょっとサチのことで話があるんだけど」

「やめて！」

まりやが寝室で着替える夫に向かって声をかけると、娘が大声を出した。今までに聞いたことのないような声だ。まりやはあっけに取られて振り返り、娘の顔を見た。興奮しているせいか頬が赤くなっていて、肩が激しく上下している。目に涙が溜まっていて、今にも溢れそうだった。

「大きい声出して、どうしたのよ」

「やめてって言ってるでしょ！」

「だって」

「とにかく、今年は旅行なんて行かないから！」

「だから、お父さんに――」

「私の人生なんだから、勝手に決めないで！」

なんなの？

なんで、怒っているの？


「勝手にって、そんな言い方ないでしょ？」

「とにかく、もうやめて！」

娘はまりやの腕を乱暴に放すと、怒りを身にまとったまま、自分の部屋に引きこもってしまった。娘の部屋のドアが、ばん、という激しい音を立てるのと同時に、部屋着に着替えた夫がリビングに入ってきた。

「おい、なんの騒ぎだ」

まりやの腹の奥から、娘の態度に対する怒りがふつふつと湧いてくる。元はと言えば、夫が紹介した会社が悪いのだ。

「知らないわよ」

「知らないってことないだろう。今まで一緒にいたじゃないか」

「知らないわよ！」

見る間に夫の顔色が変わり、八つ当たりをするな！　という怒号が返ってきた。半ば八つ当たりなのは百も承知だ。けれど、一旦体を支配した怒りは、そう簡単にコントロールできるものではなかった。私の言う通りにすればすべて上手く行くのに、夫も娘もなぜそれがわからないのか、と、腹の奥が煮えるように熱くなる。

狭間の世界（5）

　ドアを開けると、すぐに冬の空気が滑り込んできて、私の肺の奥深くに刺さった。家の玄関ドアの先にはマンションの共有部があるはずなのに、目の前にはすでに屋外の風景が広がっている。空がどんよりとくすんだ、冬の景色。私は肩をすくめて、コートの襟（えり）に頬をうずめた。

「ほんとに、直接外に出ちゃうんだ」

　先に外に出たワタルが、ちらりと私を見てうなずいた。言った通りでしょ？　と目で応えている。ワタルは、かんかん、という澄んだ音をたてながら外階段を下りていく。私も、遅れないよう後に続いた。

「誰も、いない」

「人がいると邪魔くさいって思ってたのに、いなくなると気持ち悪いよな」

「どっちかって言うと、私たちの方がいなくなった側ですけどね」

「確かに」

　建ち並ぶ建物はどれも普通にありそうな外観で、誰かが住んでいるとしか思えなかった。なのに、見渡す限りどこにも人の気配はしない。

「でも、死後の世界、っていう感じはしないですね」

「ぱっと見、ただの住宅地だもんな」

「普通に日本の冬ですし。寒い」

「どうせなら、常夏の島にでもしてくれればよかったのに」

青い海、白い雲、カワイイ水着のお姉さん、と、いずれも私たちの「狭間の世界」に存在しないものを、ワタルは並べ立てた。ないものねだりが過ぎます、と一言注意しておく。


——私は、死んだ。


サカキが訪れてから体感で五日間ほど、私は部屋にこもってうじうじしていた。部屋を出るのは、食事の時と、お風呂やトイレだけ。サカキの話では、それも本当は必要ないらしい。食べなくても問題ないし、お風呂に入らなくても汚れない。でも、ワタルの作るごはんはとてもおいしくて、ドアの隙間からにおいが漂ってくると、私は我慢できずにその時だけは部屋を出てしまう。

まるで引きこもりのような生活を見かねたのか、ワタルは私を散歩に誘ってきた。正直に言うと気乗りがしなかったのだけれど、ワタルに「見せたいものがあるから」と半ば強引に自分の部屋から引っ張り出されたのだ。私は仕方なく、コートを着込んで外に出ることにしたのだった。

少しだけ前を歩くワタルの手が見える。きれいな手が、触れることなく私を引っ張っている。私は、その引力に従って、一歩、また一歩と足を前に出す。

「どこに行くんですか?」

「駅」

「駅?」

「最寄り駅があってさ」

人が死ぬと、一人につき一つの「狭間の世界」が作られるそうだ。「狭間の世界」は、生きていた頃の記憶が元になる。本来なら、私は私の「狭間の世界」に一人でいるはずだった。それがどういうわけか、ワタルと私の世界がくっついてしまい、お互いの記憶が混ざり合った街が出来上がった。サカキが言うには、かなり珍しいことのようだ。

この辺りの住宅地はワタルの住んでいた場所のようだけれど、時折、私の家の近くに建っていたタワーマンションが生えている。現実にはありえない光景だけれど、くっついてしまった家と同じように、さも当然といった様子でそこにあると、そういうもんなのかな、と思ってしまう。

「結構歩きますか？」

「十五分くらいかな。ま、時間がわかんないけどさ、今は」

誰もいない住宅街を歩き、一台も車の通っていない道路を渡る。私もワタルもなぜか青信号を待って横断歩道を渡り、顔を見合わせて笑った。わざわざ交通ルールを守らなくても誰にも怒られないし、危険もないはずなのに、自由だよ、といきなり言われても、自由にふるまうのは難しい。

横断歩道を渡った先には、かなり大きなアーケード商店街があった。駅は商店街の先にあるのだそうだ。アーケードの中には、小さなお店が所狭しと軒を連ねている。どの店も、さあどうぞいらっしゃいませと言わんばかりに開店しているのに、やっぱり人の姿はない。

「あ」

「あ？」

ワタルが、急に足を止めて、一軒の店を覗き込んだ。店先には赤い提灯（ちょうちん）がぶら下がっていて、

「伊作（いさく）」という屋号が染め抜かれた古めかしいのれんがかかっている。店の前では電飾つきの看板が、「酒」というわかりやすい一字で自己アピールをしていた。

「行ったことがあるお店？」

「週二で」

「がっつり常連ですね」

店の入口の横にある小窓が開いていて、中がよく見える。お客さんが座るスペースよりも厨房（ちゅうぼう）の方が幅を取っているくらいの狭い店で、席はカウンター席だけだ。お世辞にもきれいとは言い難く、仕事帰りのサラリーマンのおじさんが好んで入りそうな雰囲気に見える。

「なんか、意外」

「意外？」

「もっとこう、オシャレなお店が好みなのかなと思って」

服装も髪型もイマドキで、全体的にしゅっとしたワタルが、こういうお店で飲んだくれている姿を想像するのは難しかった。もっと、小じゃれたダイニングバーなんかで、ワイングラスを持っているのが似合いそうなのに。

「いや、そういうお店、緊張しちゃってダメなんだよな」

「そんな大げさな」

「田舎育ちだからさ」

ワタルが小窓に近づいて、店内を覗く。厨房もカウンターも整然としていて、やっぱり人の気配がない。

「マスターが、いつもここで焼き鳥焼いててさ」

「あ、匂いで誘ってきちゃうやつ」

「そう。卑怯な手口」

「焼き鳥、おいしいんですか、ここ」

うーん、と、ワタルが少し唸る。

「すごい普通」

「ふ、ふつう」

「でも、なんか無性に食べたくなるんだよね」

焼く人がいないんじゃ無理か、と、ワタルが微笑みながらこちらに向き直る。私はちゃんと会話をしながら、目を離すことなく、ワタルの動作を眺めていた。視線も意識も途切れていないはずなのに、目の前で少しだけ世界が変わっていることに、私は気づいた。

「ワタルくん、後ろ」

「ん?」

つい今までなにもなかったはずなのに、ワタルの背後から煙が上がっているのが見えた。厨房に繋がっている小窓の内側には、炭火の焼き台が備えつけられている。そこに、いつの間にか数本の焼き鳥の串が並べられていて、じゅうじゅうと音を立てていた。

誰かがやってきて、私にもワタルにも気づかれずに焼き鳥を置くようなことはできるはずがない。私が瞬(まばた)きをしたほんのわずかな間に、どこからともなく焼き鳥が現れた。さすがのワタルも驚いたのか、信じられない、といった表情を浮かべた。

「誰もいなかった、よな」

「いなかったです。私、ずっと見てましたし」

「いつの間に？」

「全然わからなかったですね」

「俺が、食べたくなる、って言ったからかな」

求めるものは与えられる。サカキの言葉が思い出された。

「サカキさんが言ってましたね」

「求めよ、さらば与えられん、っていう」

「それ、欲しいと思ったらもらえる、ってことじゃなくて、神様を信じて努力すれば願いがかなう、って意味なんですよ」

「うん」

ワタルは串を手に取り、一本を私に手渡した。手に取ってじっくり見てみても、間違いなく焼き立ての香ばしい焼き鳥だ。私が、これは食べてもいいものか？　と躊躇(ちゅうちょ)していると、同じように焼き鳥を見ていたワタルが、おもむろにぱくりと串を咥えた。

「どうですか？」

「間違いなく、伊作の焼き鳥」

「おいしい？」

「すごい普通」

「失礼ですよ」

食ってみ、というワタルの言葉に背中を押されて、私は焼けた鶏肉を口に入れた。炭火のいい匂いがする。

「どう？」

「あ、ええと、ほんとにすごい普通」

普通においしいって意味ですよ、と、一応のフォローをしつつ、私はもぐもぐと口を動かす。ワタルは食べ終えた串をつまむと、店前のポリバケツに向かって放り捨てた。放物線を描いた串がポリバケツのふちに当たって跳ね返る。あっ、と思った私の目の前で、串は空気に溶けるようにすっと消えてなくなった。ワタルが、なるほど、とつぶやく。どうやら、必要なくなったものは「狭間の世界」から消えてしまうらしい。どうりで、道端（みちばた）にゴミ一つないわけだ、と納得する。料理をした後の生ゴミも、まとめておくといつの間にか消えてしまうそうだ。

伊作の前を離れ、再びアーケードを歩く。少し先に、ようやく商店街の端っこが見えてきた。屋根が途切れて陽の光が降り注いでいる空間がある。

「音」

「うん？」

「なんか、音がしませんか」

しんと静まり返っていた世界に、かんかん、という聞き馴染（なじ）みのある音が響いた。踏切の遮断機が下りる時に聞こえる警報。つまり、近くを電車が通過するということだ。一枚の静止画のような世界に動くものがあるというだけでも、私にとってはとてつもなく新鮮なことのように思えた。

「電車、電車だ！」

「駅があるからね」

「電車が走ってるなら、他にも誰かいるかもしれないじゃないですか！」

電車が動いているなら、運転士や駅員、そして乗客がいるはずだ。遮断機が下りる音。もうすぐ列車が踏切を通過する。その電車に乗れたら、どこに行けるのだろう。もしかしたら、元の世界に戻れるかもしれない。

私は一人でアーケードの出口に向かって走り出した。出口には商店街と一体化するように駅があって、すぐ目の前を線路が通っていた。私が遮断機の前に立つと、今まさに走り出そうとしている電車が見えた。発車ベルの音が鳴り響いている。「閉まるドアにご注意ください」という、人間の声が聞こえている。

電車が動き出し、ゆっくりと加速しながら私の立つ踏切に近づいてくる。誰が運転しているのだろうと目を凝らして運転席を見ようとするものの、光の加減で中が見えない。電車との距離が詰まる。

「サチ！」

電車が通り過ぎる瞬間、私の手首がぎゅっと摑まれて、後ろに引っ張られた。少しバランスを崩した私は、よろめきながら後退する。目と鼻の先を、思ったよりスピードに乗った電車が通過して行く。

「誰も、いないんだって」

ワタルの言葉の意味は、私にもすぐにわかった。電車の中にも、駅にも、誰もいない。乗客もいなければ、駅員も、運転士さえもいなかった。言葉通り、誰もいない。

ワタルが私の手首を上手く操って、電車の進行方向へ体を向けさせた。引っ張られるまま体の向きを変えて、前を見る。その瞬間、私は言葉を失った。

線路の先に、真っ黒な壁があった。見上げると、空のかなた、雲を突き抜けてどこまでも高く続いている。縦も横も、どこまで続いているのか見当もつかない。夜の闇や、絵の具の黒色よりももっと深い黒。普段私が、黒い、と表現していたものとは比べ物にならない禍々(まがまが)しさがあるけれど、「黒」という以外、表現する言葉が見つからなかった。

強いて言葉を置き換えるとしたら、一番近いのは「無」かもしれない。

電車は、敷かれたレールの上を真っすぐに走り、「黒」の中に吸い込まれて行く。車両が「黒」の中に入ると、線路を走る車輪の音が一瞬で消えた。最後の車両が姿を消すと、音の余韻を残すこともなく、元のしんとした静寂の世界に戻っていた。

「見せたかったものって」

「そう。これ」

「どうして?」

「これを、言葉でどう伝えればいいのかわかんなくてさ」

私の横に立ったまま、ワタルがぽつりとつぶやいた。

遮断機が上がる。

私とワタルは古い洋画のワンシーンのように線路の上を歩いて、「黒」に近づいた。踏切からは、二百メートルほどだろうか。距離が縮まるにつれ、目の前が「黒」で覆（おお）われてなにも見えなくなっていく。あまりの存在感に圧倒されて、なかなか言葉が出て来ない。私は、自分が自分のままでいることを確かめるように、横のワタルに視線をやった。

「なに、これ」

「世界の果て、かな」

「これが？」

「俺たちは、ぐるっとこれに囲まれてる」

私が「狭間の世界」と向き合うのを拒否して部屋に閉じこもっている間、ワタルは外を歩き回って、この「黒」の存在を知ったらしい。「黒」は、私たちがいる部屋を中心に、世界をぐるりと囲んでいるようだ。

「家からここまで、十五分くらいですよね」

「たぶん、それくらい」

「近すぎないですか？　世界の果て」

「徒歩十五分、距離一キロのところにある世界の果て」

世界一周が超お手軽だ、と、ワタルが皮肉っぽい笑みを浮かべた。私たちはつまり、半径一キロほどの箱庭のような世界の中に押し込められていることになる。

「黒」は、目を凝らして見れば見るほど、なにも見えない。視界いっぱいを「黒」が覆いつくすと、前後左右も天地もわからなくなって、頭がおかしくなりそうだった。平衡感覚がなくなって、足元が揺れる。

「落ちるよ」

右手に力を感じて、私ははっとした。自分の手を見る。いつからだろう、私はワタルと手を繋いでいた。恥ずかしさや戸惑いは感じなかった。そうしていないと、自分という存在が「黒」に引きずり込まれてしまうような気がしたからだ。

「たぶんさ」

「うん？」

「これが、死、なんだよな、きっと」


――死。


ここは「狭間の世界」。生と死の狭間。

「黒」の中に消えた電車は、どうなっただろう。今もまだ、「黒」の向こうの世界を走り続けているのだろうか。


それとも。

†伊達恒——暴食(グラトニー)

焼き台の上に並んだ焼き鳥の串に、霧吹きで酒を振りかける。焦げたところを器用にハサミでカットすると、伊藤勇作(いとうゆうさく)は焼きあがった焼き鳥をカウンター席の前の皿に並べた。

「マスター」

「なんだよ」

「俺、まだ頼んでないけど、焼き鳥」

「サービスだよ。黙って食え、バカ野郎」

月曜日の深夜。カウンター十席の狭い「伊作」の店内には、一人しか客がいなかった。十二月も中旬、忘年会シーズン真っただ中だが、手狭な個人経営店には、あまり恩恵がない。

一番奥の席で、若い客が一人で酒を飲んでいる。ワタルという美容師だ。東京の美容室は火曜休みのところが多く、美容師は飲み屋が暇な週初めによく来てくれるいい客だ。だが、ワタルは今月いっぱいで仕事を辞め、地方にある実家に帰るという。いろいろバタバタするせいもあって、店で飲み食いできるのは今日が最後らしい。貴重な常連客を失うのは、店にとって痛手だ。

「で、いつ帰るんだ」

「二十五日まで仕事して、大晦日に帰ろうと思って」

「そうか。そりゃ、残念だな」

ワタルが初めて店に来たのは、もう四年ほど前のことになる。

その日、勇作がふと外を見ると、お土産用の焼き鳥を販売する小窓からじっと物欲しそうに店内を覗き込む若者がいた。それがワタルだった。身なりは悪くないが、頬がこけていて血色が悪い。なんとなく様子がおかしいと感じながら、焼き鳥を買うのかと聞くと、力なく首を横に振った。

若者は、ふらふらとした足取りでなにも言わずに立ち去ろうとしたが、何歩も歩かないうちに、眩暈(めまい)でも起こしたように片膝をついてしまった。これはただごとではないと、勇作は厨房を妻に任せて飛び出した。

「大丈夫かおい、ニイチャン」

「大丈夫」

「大丈夫、じゃねえだろうが。ぶっ倒れてるのに」

「ちょっと、貧血ぽい感じになっちゃって」

話をしているうちに、ぐう、という間の抜けた音がした。ワタルの腹が鳴ったのだ。

「なんだよ、飯食ってないのか」

「いや、ちょっとだけ」

食事を一食抜いたくらいで倒れるわけがないだろう、と問い詰めると、ワタルの口から「実は三日ほど」という言葉が返ってきて仰天した。金がなくて、三日間も水以外なにも口にしていないようだった。

「大丈夫じゃねえじゃねえか」

「我慢できてたはずなのに、その、匂いが」

ワタルが、小窓を指さす。焼き鳥を焼く香りで客を誘うために、換気扇のダクトはアーケードの中に向けられている。

「なんだよ、ウチのせいだっつうのか」

「匂いで誘うのは、卑怯」

軽口を叩いてはいるが、顔色を見ると、三日なにも食べていないというのもあながち嘘ではなさそうだった。興味本位で、なんでそんなに金がないのかと聞くと、「父親が病気で働けず、弟を大学に通わせるために仕送りをしている」という昭和の香り漂う苦労話を聞かされることになった。そんな話を聞いてしまっては、無下に帰すこともできなくなってしまう。勇作は、なんて話をしやがる、と舌打ちをした。

「ニイチャン、飯食わしてやるから中に入れ」

「いや、お金、ないんで」

「サービスだよ。黙って食え、バカ野郎」

「いや、でも」

「飯食わなかったら、死んじまうだろ」

「死ぬ？」

「いいか、人間、飯食わねえと死んじまうんだよ。死にてえのか？」

ワタルは、きょとんとした顔で何度か、死ぬ、と繰り返した。空腹で、頭が上手く働かないのかもしれない。勇作は若者とは思えないほどかさついたワタルの頰を何度かぺたぺたと叩き、どうなんだ、と聞いた。

「死にたくは、ないです」

その、たった一度の「サービス」を、恩義に感じてくれたのだろうか。

自分の稼ぎで飯が食えるようになってから、ワタルは週に二回ほど顔を出すようになった。見た目も細いし、それほど量を食べるタイプには見えないが、来るたびに二人前、三人前の量を平らげる。酒も決して強いわけではない。帰る時には千鳥足になっていることもよくあった。生意気に、店の売り上げに貢献しようとしているのだろう。その売り上げは、店にとって貴重だった。

「旨いか？」

ビールを片手にサービスの焼き鳥を頰張ったワタルが、「すごい普通」と返してきた。勇作は笑いながら、生意気言ってんじゃねえ、とカウンター越しにワタルの頭をつついた。

「向こうでもやるのか、髪切り屋」

「田舎だし、俺みたいなのは需要がなくて」

「でも、せっかく修業（しゅぎょう）したんだろうに」

勇作は話をしながらまた、ハサミで焼き鳥の焦げを切り落とした。こんな小さな焼き鳥屋を開店するためだけでも、勇作は五年間、みっちりと修業をした。「串打ち三年、焼き一生」という気の長いことを平気で言う業界だ。自分の店を出す前に寿命が来るのではないかと思ったほどだ。美容師の修業がどんなものかは知らないが、ワタルもきっと、苦労を乗り越えて一人前になったはずだ。家の事情があるとはいえ、培った技術や努力を捨てて、簡単に辞めようと思えるだろうか。

「なんてとこだっけよ、地元の町」

「俺の？」

「他に誰がいるってんだ」

客がいないがらんとした店内を見て、ワタルが噴き出した。

「天ノ川町」

「あ、あまのがわ？　なんだそりゃ」

隣で暇そうにしていた調理補助の妻が、そこ知ってる、と声を上げた。有名な温泉リゾート施設があって、よくテレビで取り上げられているらしい。

「観光客が来るなら、髪切る客だっていそうなもんだけどよ」

「いないって、そんな人」

「なんでだ」

「寒いから。誰も髪を切ろうとなんか思わない」

それもそうか、と、勇作は笑った。

それから少しの間、会話が途切れた。店の常連とはいえ、勇作はワタルのすべてを知っているわけではない。踏み込めない領域もあるし、してやれることもあまりない。ワタルは酒で顔を真っ赤にしながら、黙々とつまみを口に放り込んでいた。

「いいのか」

「うん？」

「まあ、親父(おやじ)さんがな、具合が悪いってのはしょうがねえことだが」

「ああ、まあ」

「でもな、ニイチャンが今立ってんのは、ニイチャンの世界なんだぜ」

「俺の、世界？」

「そうさ。自分以外はな、全員他人なんだ」

「いいことを言ってるようで、すごい当たり前のことを」

「うるせえ。でもな、他人を大事にするのもいいけどよ、たまにはワガママ言って自分を大事にしてやれや。ニイチャンの人生なんだからな」

焼き鳥を焼く煙が目に入ったのか、目の玉の奥がつんと染みた。ワタルはなにも答えなかったが、グラスに残っていたビールをぐいとあおり、赤い顔で照れ臭そうに笑った。

「あ、おかみさん、いつものやつありますか？」

あるわよ、と、妻がうなずく。ワタルが毎回頼む、〆(しめ)の「まかないカレーライス」。焼き鳥屋らしく、鶏ガラで取ったスープに鶏肉が入ったチキンカレーだ。まかない、と謳(うた)っている通り正規メニューではないのだが、ワタルが来るたびに注文するので、もはやレギュラー入りを果たしていた。

小さな器に盛られたカレーライスが、ワタルの目の前に差し出された。ワタルが初めて来た日に食わせてやったのも、確かこのカレーだった。

「やっぱりウマい。このカレー」

一口目を口に入れ、ワタルがうんうんとうなずく。カレーの仕込みをやっている妻が、得意げな顔で、そうでしょう、と胸を張った。

「なんか、隠し味でもあるんですか」

妻が「焼き鳥のタレを少々」とあっさりバラすと、「言っちゃうんだ、それ」と、ワタルはメモを取るようなジェスチャーをしながら笑った。

「カレーもいいけどよ、うちのウリは焼き鳥なんだよ。忘れんな」

「焼き鳥は、すごい普通」

勇作が、生意気言うんじゃねえ、と吐き捨てる。たった三人しかいない店内が、笑い声で埋まった。まるで、家族で夕飯でも食っているような雰囲気だった。

ワタルはカレーを食べ終えると、勘定を済ませ、ごちそうさま、と言いながらのれんをくぐって外に出る。相変わらず、今日は客が入らない。勇作はワタルの後に続いて店外に出た。年末が近づいてくると、もはや亜熱帯のような気候の都内でも、冬らしい空気が漂う。アーケード内にはジャケットを着こんだ通行人が目立っていた。

「ヤバい、腹がはちきれそう」

「食いすぎなんだよ、いつも」

ぽっこりと膨らんだ腹を撫でつつ、ワタルがマフラーを巻く。閉店時間にはまだ早いが、今日はもう客が来ることはないだろう。勇作はのれんを下ろし、引き戸の隙間から店の中に放り込んだ。

「まあ、地元に帰っても元気でやれよ」

「この時期に帰るの嫌なんですよね。寒くて」

「都会っ子ぶるんじゃねえよ、田舎モンのくせに」

ジャケットのポケットに行儀悪く手を突っ込み、ワタルは軽く肩をすくめた。なんとなく見送りに出てしまったはいいが、じゃあな、というタイミングがよくわからなくなる。寒いな、などと言いながら、二人で向かい合うだけ、というなんとも微妙な時間が過ぎていく。

「あのな、ニイチャン」

「ん」

「なにがあっても、飯は食えよ」

「飯？」

「生きてると、面倒なこともあるけどよ。腹さえ膨れれば、頭が動く。頭が動けば、体も動く」

「今、だいぶ腹が膨れてるんですけど、頭が鈍ってて、体も動かない」

「食いすぎなんだよ、それは」

ワタルは一歩下がって、勇作から少し距離を取ると、ポケットに手を突っ込んだまま、深々と頭を下げた。

「ごちそうさまでした」

「おう、また来いよ」

体を起こしたワタルは、吐きそう、とおどけて見せた。片手だけポケットから引っこ抜くと、じゃあ、と言うように手を上げた。勇作も、同じように手を上げて応えた。

ワタルの背中が、次第に遠ざかる。

もう二度と、会うことはないかもしれない。

「おお、寒う」

人通りの少ない商店街に背を向け、店に戻る。貴重な常連を失った痛みが、勇作の胸に走った。

狭間の世界（6）

世界の果てを見た帰り道。俺もサチも、ずっと無言のままだった。

電車を呑み込んだ「黒」がなんなのか。サチは俺と同じ感想を持ったのだろうと思った。ずっとうつむいたまま、俺の隣、一歩半後ろをとぼとぼとついてくる。

首を回して、サチを見る。サチは顔を上げて少し反応してくれたが、言葉は発しなかった。ショックを受けてそれどころじゃないのかもしれないし、言葉が見つからなくて困っているのかもしれない。真っすぐ帰ると気が滅入（めい）りそうで、俺は少し遠回りをすることにした。道は、少し急な上りの坂道が続いている。まだ歩いたことのない道だ。

「あ」

坂を上りきると、急に視界が開けた。それまで、住宅や商店、大小のビルが無造作にごちゃごちゃと配置された中を歩いてきたが、坂の上は草だらけのだだっ広い空間だった。どこか見覚えがある。俺は自分の記憶を探りながら、周りを見回した。

「どうかしました？」

「公園」

高台の一角には児童公園があって、いくつかの遊具がちょこんと並んでいた。二つ並んだブランコ、ベーシックな形の滑り台。四角い囲いの中に砂を入れただけの砂場。そして、おそらくこの公園のメイン遊具と思われるのっぺりとした形の大きなドーム。コンクリートで作られたドームには丸や三角の窓が開いていて、中に入って窓から顔を出すこともできるし、外側の足場をよじ登って上に立つこともできる。

急に、まだ子供だった頃の記憶がふわりとよみがえった。弟と一緒に、よく母親に連れてこられた公園だ。

「知ってる場所?」

「小さい時に遊んでたとこ」

「寄っていきます?　せっかくですし」

サチと二人で公園の中を見て回る。が、ものの数分でやることは尽きた。公園の中は思った以上になにもなくて、ただ、そういえばこんな遊具もあったな、という程度の感想しか出てこない。幼い頃の俺は、一体この空間でどうやって遊んでいたのだろう。

時間を持て余して、俺はドーム型の遊具によじ登ってみた。さっき見たはずの「黒」は、どこにも見当たらない。高いところから見える遠景は、おそらく偽物の風景なのだ。世界の果てに近づけば、だんだん「黒」が見えてきて、行く手を阻む。もうだまされないからな、と、誰かに向かって悪態をつく。

サチはしばらく遊具の脇で俺の様子を見ているだけだったが、意を決したように、ドームの足場につま先をかけた。スカートにヒール履きで動きに制約があるせいか、随分手間取る。最後は、俺が手を差し出して引っ張り上げなければならなかった。

「思ったより、高い！　怖い！」

「そう？」

「私、小さい頃から、こういう遊具は危ないから登るなって親から言われて育ったんですよね」

「転げ落ちて死んじゃったら困るもんな」

サチは引きつった笑みを浮かべると、てっぺんに立つ俺の隣にちょこんと体育座りをした。「狭間の世界」はいつの間にか夕方になっていて、夕日が俺とサチの後ろにひょろ長い影を作っていた。

「でも、結局死んじゃったわけですけど」

「それは言わないでおこうよ」

「どうせ死ぬんだったら、もうちょい冒険すればよかったです」

「冒険？」

「こう見えて箱入り娘なんですよ、私」

それ、自分で言うんだ、と俺は笑った。

「まあまあ箱入り娘に見えるよ」

「え、玉ねぎのスライスもろくにできないからですかね」

そこまで言ってないから、とフォローする。

「私、ずっと両親の言う通りに生きてきちゃって、箱から飛び出そうとしなかったんですよね。箱（はこ）入（い）り娘って言うか、箱入（はこはい）り娘なんですよ」

「別に、悪いことじゃないけどね」

「例えば、私、本当は学校の先生になりたかったんですけど」

「けど？」

「両親が猛反対で。私じゃ無理だって。激務だし、ストレス溜まるし」

「親が言うことじゃない気がするけどな、そういうの」

「でも、そう言われちゃうとそうかな、って思っちゃうんですよね。結局、親のコネで就職することになって。両親だって私の幸せを願ってこうしなさいああしなさいって言うわけだし、私より人生経験のある大人の言うことだし、きっと正しいんだって思うことにしたんですけど」

サチが、笑顔のまま深いため息をついた。

「正しくなかった？」

「それが、困ったことに、正しくなくないんですよね」

なくなく？　なくなくない？　と、サチが首を傾げて、自分の言葉が正しいのか確認する。わかりづらいが、言いたいことはわかる。

「そこそこ間違いないってことね」

「そうなんです。だから、レールを外れることができなくなって」

「レール？」

「小さな箱の中に入って、親が敷いたレールの上を、これでいいのかな、って思いながらガタゴト揺られて走ってた、っていうのが、私の人生で」

さっき目の前を走り去った電車の姿を思い出す。真っすぐに続くレールの上を何の迷いもなく突き進んで、電車は「黒」の中に消えていった。

「後悔してんだ」

「死んだって言われちゃうと、少し」

サチはしゃべりすぎたと思ったのか、なにに対してとは言わないまま、ごめんなさい、と謝った。

「俺も、似たようなもんだけど」

「えっ、嘘ですよね」

「なんで？」

「だって、我が道を行ってそうだから」

「俺が？　全然そんなことないけどなあ」

「ちなみに、お仕事はなにを？」

「前もこの話したけど、なんだと思う？」

「たぶん殺し屋」

違うっつうのに、と否定すると、サチは違うんですか、と唸った。どこまで本気でそう思われているのだろうかと心配になる。

「美容師だった」

「うわ」

「うわ、ってなんだよ」

「美容師っぽすぎると思って」

じゃあ最初からそう言ってくれよ、と返すと、サチはまた慌てた顔をして謝った。夕日のせいか、いつも以上に顔を赤くしているように見える。

「やっぱりなあ」

「やっぱり？」

「手に職持ってる人って、自分の力で生きてる人、って感じがしますよね」

「いや、死んでるけどね」

そういう意味じゃなくて、と、サチがまたあたふたと言い訳をした。サチと話していると、ここが生と死の「狭間の世界」で、自分が死を目前にした魂だということを忘れそうになる。実際、自分が死んだ理由も忘れてしまっているのだけれど。

俺は、なんで死んだんだろう。思い出そうとすると、頭の奥がずしんと重くなった。

「でも、辞める予定だったんだよ、仕事」

「え、美容師を？　どうしてですか」

「実家に帰らないといけなくてさ。家庭の事情で」

家庭の事情、という便利な言葉を使うと、サチはそれ以上理由について聞いてこなかった。別に隠したいわけではないが、気が滅入る話をしたいとも思わない。

「実家には、いつ帰るつもりだったんですか」

「年内で辞めるつもりだったから、年末か、年明けか」

ずしん、という重みが強くなる。もしかすると、俺の「死の記憶」は頭から消されたわけではなく、思い出せないようになにか制限がかかっているだけなのかもしれない。

「年を越した記憶はないんですよね、私」

「そっか。じゃあ俺たちが死んだのはその頃、ってことか」

「十二月に入ったくらいからの記憶があいまいですし、たぶんそうですね」

サチも顔をしかめながら、こめかみに触れる。

「あー、ダメだな。思い出せない」

俺はため息をつきたくなるのを笑ってごまかしながら、遊具の上に寝転んだ。冬の夕焼け空はきれいだ。橙色（だいだいいろ）に焼けた空と、迫ってくる夜との境界線が滲（にじ）んでいて、不思議な気持ちになる。

こうすると気持ちいいよ、と言うと、サチも俺に倣って寝転んだ。横を向くと、空を見上げるサチの横顔が思ったよりも近くにあった。

「実家は、遠いんですか」

「そこそこね」

「上の方？　下の方？」

なんだ「上」って、と笑いながら、北、と答えた。

「寒そう」

「寒いよ。冬はね」

「雪も降りますよね？」

「降るね。アホみたいに」

「いいなあ」

「よくないって。歩きにくいし寒いし」

「私、雪なんかあんまり見たことないから、積もってるの見ると感動しちゃうんですけどね」

「感動するのなんて最初の五分くらいだって」

「やっぱり、そういうもんですか」

「歩きにくいし寒いし」

雪国の生活の煩わしさは、都会育ちのサチには伝わらないかもしれない。横殴りの吹雪(ふぶき)の日を経験したら、「雪が好き」とは言えなくなる。俺は、少し大げさに雪の日のしんどさを説明した。

「でも、冬寒いところだったら、星はきれいに見えますよね」

「星?」

「寒いと、星がきれいなんだって聞いたことが」

サチが空のかなたを指さし、一番星、とつぶやいた。空のてっぺんに、小さな星がぽつんと光っているのが見える。小さくて、か弱い光だ。でも実際は、太陽よりずっと大きい星が何億光年も先で燃えているのだろう。考えると、ため息が出る。

「空気が澄むからね。そうじゃなくても、都会に比べたらきれいに見える」

「いいじゃないですか、天然のプラネタリウム」

プラネタリウムが「人工の星空」なんじゃないだろうか、と指摘すると、サチは「ああそっか、逆だ」と笑った。

「街灯もないし、ネオン街もないし。夜は真っ暗だから、星だけは見放題」

「そんなに?」

「町もさ、あまりにもなんもないから開き直っちゃって。星空をウリにして観光客を呼ぼうとしてたんだよね。町の名前まで変えて」

「ええ? 町の名前なんて、そんな簡単に変えられます?」

「お役所がやることは、よくわからないけど」

「ちなみに、なんていう町ですか」

「え、いやいいよ」

「え、なんでですか」

「なんか恥ずかしいし」

気にしすぎ、と、サチが笑いながら俺の胸を拳の裏でこつんと叩いた。

「天ノ川町」

「天ノ川、町？」

「イメージだけ変えてどうすんだって思うんだけどさあ」

突然、サチが起き上がり、額を押さえた。なにごとかと思って、俺も肘を立てて体を起こす。

「どうかした？」

「私、知ってます」

「知ってる？」

「天ノ川町」

俺が、なんで？　と聞いても、サチは首を横に振るだけだった。

「テレビかなんかで見た？」

「違う。よく思い出せないんですけど、でも」

――私、そこに行こうとしてた、と思います。

ざわり、と、胸の奥が揺れる。

うすうす感じていたことではあるが、俺とサチは、どこかで会っていたのかもしれない。

そして今、俺たちは二人でここにいる。

「狭間の世界」に。

久遠幸――暴食(グラトニー)

田丸杏奈(たまるあんな)は、昼下がり、行きつけの「カフェ・ノア」で少し遅めのランチを取っている時だった。スプーンを手にしたまま固まる。

向かい側に座っているのは、親友のサチだ。カレーが食べたい、というサチのためにカレーのおいしいカフェに連れてきたのに、黙り込んだまま一向に手をつけない。心配になって「食べないの?」と聞いてみると、ぐっと顔を寄せてきて、「私ヤバい」などと急にわけのわからないことを言い出したのだ。確かにヤバい。

杏奈が言葉を失っていると、サチは、はっとした様子で、ごめん、と囁(ささや)いた。周りの客がちらちらとこちらを見ている。小さなカフェだ。かなり気まずい。

「なによ、いきなりおっきい声だして」

「いや、あのさ、私、ヤバいんじゃないかと思って」

「は? なにが? 食べ過ぎて体重でも増えた?」

「え、うそ、私太った?」

「いや、全然変わってないけど」

「私、ヤバいと思うんだよ」

「わあ、なに、びっくりした」

「やめてよもう、びっくりした」

杏奈とサチとの出会いは、中学校の頃にさかのぼる。

杏奈が通っていた学校は、幼稚園から高校までの私立一貫、女子大附属の「お嬢様学校」だった。サチとは中学一年の時に同じクラスになって以来、お互い親友と呼び合う仲だ。大学卒業後も、週に二回は会っている。


サチと杏奈が仲良くなったのは、二人とも同じ境遇だったからだ。


思い出すたびにバカらしくなるが、杏奈の学校では露骨な学校内序列があった。中学受験で入学した「外部進学組」の生徒はかなり下層の存在で、最上位にいるのは目が飛び出すほどの授業料と寄付金を払わなければ入園できない附属幼稚園から通い続けている、「内部進学組」の生徒たちだった。要するに、親の年収や地位がそのまま序列になっていたのだ。

杏奈の家も世間一般から見ればかなり裕福なはずだが、内部進学組の子の家は、「裕福」のレベルが違う。東京の一等地に大邸宅を構える資産家のご令嬢だとか、誰もが知っている超大企業の会長のお孫さんだとか、筋金入りのお嬢様ばかりだ。登下校時、学校前に運転手つきのいかつい超高級車がぞろぞろ並ぶのも、日常の光景だった。

杏奈の両親、特に母親はセレブ志向が強くて、娘を有名お嬢様学校に入れようと必死だった。でも、母親に尻を叩かれながら受験戦争を潜り抜けてようやく学校に入学したその日、杏奈はクラスメイトから「ごきげんよう」と声をかけられて、とんでもない世界に来てしまったと激しく後悔した。当然、学校には上手く馴染めなかった。

サチの家は、杏奈と似たような環境だ。サチの父親は大企業の顧問も務めるような弁護士だが、サチが生まれたころはまだまだ駆け出しで、あまり収入も多くなかったらしい。杏奈の父親はＩＴ系企業の経営者で、今でこそかなり羽振りがよくなっているものの、杏奈が小さい頃に二度ほど会社を潰し、借金に追われる生活を経験した。杏奈もサチも、あの学校の中では「庶民派」だったのだ。価値観が近い、というのは、友達になるためには重要だ。慣れない環境で肩を寄せ合っているうちに、いつの間にか二人は親友になっていた。

「じゃあなに、好きな人でもできた？」

「いやあ、そっちは全然」

杏奈は、はあ、とわかりやすくため息をつく。サチは見た目も性格も悪くないはずなのに、男っ気があまりない。原因の一つは、たぶん両親の溺愛だ。サチもサチだが、親も子離れできていないらしく、門限だなんだと束縛が激しい。

「恋愛もさ、一つなんだけど」

「一つ？」

「私、このままの人生でいいのかな」

サチの話が予想以上に高い場所にあって、杏奈は戸惑った。どこまで真面目に聞いた方がいいのかわからず、サチの表情をうかがう。

「このまま、って、どういう人生？」

「ありきたりな言い方をすると」

「うん」

「敷かれたレールの上を走るような人生」

「どうしたサチ。悩ましい反抗期がようやく来た感じ？」

杏奈は冗談っぽく言ったが、あながち的外れでもない気がした。基本的に杏奈とサチは似ている部分が多いが、一つだけ、大きく違うところがある。サチには、ずっと反抗期がなかったということだ。

中学、高校という時期、杏奈は大人になるための通過儀礼のようなものを一通り経験した。親に隠れてちょっと悪いこともしてみたし、年上の彼ができて、いろいろなことを知った。同じ年頃の子はみんなそういう時期なのだと思っていたけれど、サチにはまったくそんな様子がなく、いつまでも両親の言いつけをよく守るいい子のままだった。

「私、親に全部決めてもらった道を、真っすぐ生きてきちゃったんだよね。受験もそうだし、就職もそうだし。きっと結婚もそうなんだろうし」

「不満なの？」

「不満かって言われたら、そんなに不満でもないんだけど」

「なんなのよ。じゃあ、いいじゃん」

「不満なんじゃなくて、不安なのかな」

杏奈は、うーん、という中途半端な返事をした。なにか言葉をかけてあげたいとは思うけれど、お腹がいっぱいで頭が回らない。腹八分目がよい、という昔の人の言葉が身に染みる。

「反抗してみたらいいじゃない。レールからはみだしてさ」

「いや、別に、反抗したいわけじゃないし」

「じゃあ、なにがしたいのよ」

「自分がやりたいこと？」

「例えば？」

それはまだわからないんだけども、と、サチはぼそぼそ答えた。

「まず、それを見つけるのが先じゃん」

「でも、どうせ親に心配されたり反対されたりすると思ったら、最初から考えない方がいいかなって思いながら、ここまできちゃってて」

「じゃあさ」

「うん？」

「サチがやりたいっていうことを親に反対されたら、どうすんの？」

「あ、だめなのかあ、そっかあ、みたいな」

「諦めるんだ」

「諦めるって言うよりは、萎えちゃう感じ」

「重症だね」

「重症か、私」

「普通、なんでダメなの！　ムカつく！　ってなるよね」

「なるんだ」

「なるね。それで何回もめたことか」

前に、杏奈が父親とケンカをしてひっぱたかれた、という話をした時、サチは心底驚いた様子で固まっていた。大人になった今でもこうなのだから、十代の頃に打ち明けていたら、どれだけ驚かれただろう。

「つまり、親の言いなりになりたくない、ってこと？」

「なってていいのかな、ってこと」

「いいか悪いかは、サチしだいじゃん」

「私？」

「自分がそれでよけりゃそれでいいんだし、よくないならよくないんだし」

「よくは、ないの、かな」

サチは、少しうつむいて、ため息をついた。

「なんかあったんでしょ」

「わかる？」

「そりゃね。付き合い長いから」

「実は、偶然、会社の先輩の話を盗み聞きしちゃって」

「なんか言われてたの？」

「それが」

サチは、会社の先輩が親のコネで入社したサチについて話しているのを聞いてしまったのだという。でも、やっかみや悪口ではなく、むしろサチの立場を気遣っているような内容だったらしい。悪口じゃなければいいじゃん、と答えたが、サチにとっては、気遣われていることの方がショックだったようだ。まあ、わからないでもないな、と杏奈は思った。

「仮に、私が今死んだとしてさ」

「やめてよ。泣くからね」

「仮に、だってば」

「わかったよ。仮ね。仮に死んだとして？」

「私が生きた意味って、なにかあるのかな」

「意味？」

「私、人からもらってばっかりで、全然返せてない気がするんだよね。幸せなことなんだってわかってるんだけど」

「なんか悪いの？　それ」

「幸せでお腹いっぱいになって、逆に苦しい、みたいなさ」

「いいじゃん、幸せでお腹いっぱい」

「よくないんだよねえ」

「みんな幸せに飢えてお腹ぐうぐう鳴らしてるのに、贅沢言うなっての」

「でも普通はさ、簡単に与えてもらえないから、自力で幸せになろうとするわけじゃない？」

「んー、そうなのかなあ」

「私も、親に敷かれたレールの上をガタゴト走ってるだけじゃなくて、自分の力で幸せにならなきゃって思うんだけど」

杏奈が黙って次の言葉を待っているのに、サチはなかなか言葉を発しない。ごまかすように水を口に含んで、口角だけで笑みを作った。

「けど、なに？」

「うん、だからね」

「だから？」

「まずはどうすりゃいいのかなって、アンナに相談しようと思って」

「なんで私」

「私が知ってる中で、一番自由そうな人だから」

　杏奈は思いっきり深くため息をつき、バカじゃないの？　と笑った。サチもまた、うん、ごめん、と言いながら笑う。サチと話していると、よくも悪くも力が抜ける。

「じゃあ、それについて話す前に一個言いたいんだけど」

「うん？」

「それ、食べないならちょうだい」

　サチのカレーは、一向に減っていない。小さい頃の貧乏が身に染みついているせいか、杏奈は食べ物を残すことがどうも許せない性格だ。サチも普段は食べ物を粗末にすることはないものの、今日はどうにも食欲が湧かないらしい。

「あ」

「あ、じゃないよ。もったいないでしょ。調子悪いの？」

「いや、そういうわけじゃないんだけど、いろいろ考えて胸いっぱいになったら、お腹もいっぱいになっちゃって」

「食べ物を残すとか、罪だよ、罪」

サチは、ごめん、と苦笑いを浮かべながら、きれいになった杏奈の皿と自分の皿を交換する。フルーティでおいしいのになあ、と、嫌味を言うと、サチは慌てた様子で、味はおいしいよ、と懸命に弁解をした。

「でも、食べ過ぎも罪だって習ったじゃん、学校で」

「うるさいな。誰のせいよ。言っとくけど、太ったらサチのせいだから」

おいしいものを食べて、お腹いっぱいになるのは幸せだ。でも、胃袋がはち切れそうなくらいになると、息をするのも嫌になる。杏奈が二皿目のカレーと格闘してようやく平らげると、顔見知りの店員が、大丈夫？　と笑いながらデザートを持ってきた。こんな日に限って、日替わりデザートがずっしりとしたタルトだ。なるほど、サチの言う「幸せでお腹いっぱい」はこういうことかと、少しだけ理解する。

「あのさ、サチ」

「うん？」

「幸せをもらえるなら、全部もらっちゃえばいいと思うな」

「そういうもん？」

「だってさ、やっぱお腹いっぱいのほうが幸せだよ。食べ過ぎると多少苦しいけど、それでも飢えてるよりいいもん」

「でも、体に悪いでしょ、暴食」

「それ、サチの分までカレー食った私に言う？」

「いや、違うよ、例え話のことだって」

「いいんだってば。ご飯だって恋愛だって、カロリー高い！　味濃い！　量多い！　みたいなやつのほうがおいしいんだから、絶対」

無理にレールから脱線して、サチらしくなくなるのもよくないのではないか、と、杏奈は思う。自由に生きることがそんなに素晴らしいものでもないということは、比較的自由に生きている杏奈が日々思うことだ。人生が旅なのだとすれば、時間やルートを気にしない自由旅行も魅力だけど、きっちり時刻表通りに運行する電車に揺られてのんびりと旅するのだって楽しい。

「でもさあ、やっぱねえ」

「そんなに自由になりたいなら、旅行にでも行ってみたら？」

「旅行？」

「そそ。一人旅。全部自分で計画して、一人で行ってくる」

「いきなり、ハードル高くない？」

「サチが一人旅に行ったら、笑うなあ」

「なんでよ」

「不安で死ぬでしょ。開始五分で」

杏奈は、思ったことを、なにも考えずに吐き出した。根が真面目なサチが、一人旅かあ、と眉間にしわを寄せている。お腹が苦しくて、「冗談だよ」と言ってやるのも面倒くさかった。

狭間の世界（7）

少し先に、空高くどこまでもそびえる「黒」がある。かんかん、という踏切の警報が響いて、私の前を誰も乗っていない電車が通り過ぎ、「黒」の中に吸い込まれていった。後には、しんという静寂だけが残る。電車が消えるのを見届けてから、私は元来た道を引き返す。

私の手には、スーパーの袋がぶら下がっていた。食べものは、ワタルと私が交互に商店街のスーパーまで調達しに行くことにしている。欲しいものは「欲しい」と思うだけで手に入れられるのにそうしないのは、たまには一人で外の空気を吸う時間も必要だろうという、ワタルの配慮だ。

「狭間の世界」に来て、体感でひと月ほどの時間が経(た)っている。「黒」を見ると心がざわつくけれど、初めての時に比べると恐怖感はずいぶん薄れた。お金とスマホを持たずに外出することも、誰もいない店内から食料を拝借してくることも当たり前になった。私は少しずつ生きていた頃の感覚から離れて、ちゃんとした魂になりつつあるのかもしれない。

「あら、どうも」

急に後ろから声をかけられて、私は驚きのあまり飛び上がり、その場にへなへなとしゃがみこんだ。レジ袋から玉ねぎが飛び出して、ころころと道に転がる。腰が抜けて立てずにいる私を勢いよく追い越して玉ねぎを拾い上げてくれたのは、サカキだった。

「やだびっくりさせちゃったかしらね」

「す、すみません。最近、なんか静かなのに慣れてて」

音が異様に響くアーケードの中、サカキは足音を立てずに近づいてきたのだろうか。他のものと同じように、なにもないところから急に現れたのかもしれない。私がただぼんやりしていただけという可能性もなきにしもあらずだけれど、背後にサカキがいることにはまったく気がつかなかった。

「普段、誰もいないからね。そうよね。ごめんね」

ごめんね、と言いつつ、サカキはまだ膝が笑っている私を見て噴き出した。メガネの奥の目が、糸のように細くなる。なんだか親戚のおばさんに笑われているような気になった。恥ずかしいけれど、嫌な感じはしない。

「あの、今日は」

「もちろん、二人に話があって来たんだけど。彼もいるかしら」

「家にいると思いますけど」

「そうなのね。彼、家でいつもなにしてるの？」

「なんだろう、最近は絵を描いたり、私の部屋のピアノを弾いたり」

「へえ、そういうの上手なの」

「いや、やったことなかったからやってみたいって」

「なんだ。じゃあ、大したことないわね」

「それが、手先が器用なので、めきめき上手くなってるんですよ。驚きの上達ぶり」

「若いから呑み込みも早いのかしらね。あなたは？」

「私は、たまに料理を教えてもらってますね」

「あら、あんまりやったことなかったの？」

「そうなんです。お恥ずかしい限りなんですけど」

「まあ、台所は女の聖域、なんて時代じゃないから、いいのよ」

私も料理苦手、と、サカキは豪快に口を開けて笑った。「狭間の世界」の管理人は、どこで料理をするのだろう。不思議に思ったが、聞かずにおくことにした。

「あなたも、めきめきと上達してる？」

「いやそれが、なかなか難しくて、これが」

「難しいわよね、やっぱり」

「でも、完全に死ぬまでには絶対、おいしいもの作ってやろうと思うんですよね」

二人とも前向きね、と、サカキは大げさにうなずいた。

「用事は済んだの？」

「あ、はい」

「じゃあ、今からお邪魔してもいいかしら」

拾ってもらった玉ねぎを袋に戻し、顔を上げながら「いいですよ」と返事をしようとしたが、視界に飛び込んできた見覚えのある看板に気づいて、私は思わず、あ、と声を上げた。

「あの、私、ちょっと寄りたいところがあるんですけど」

「ああ、いいわよ。もしお邪魔じゃなかったら一緒に行ってもいい？」

もちろんです、と、私は答えた。目の前には、「カフェ・ノア」という看板が、細い階段を上れ、という指示を出していた。

本来の所在地とはまったく違う場所にあったものの、階段を上がると、私の記憶と寸分たがわない店の入口が姿を現した。レトロなデザインの扉を押し開け、やや狭いながらも、落ち着いた空間に入る。店の奥、窓際の小さな丸テーブル席に着くと、なんだかほっとした。

「感じのいいお店ね。おしゃれで」

「そうなんです。前に、友達が連れてきてくれて」

スーパーの袋を置いて、上着を脱ぐ。窓から見えるのはアーケード街ではなく、私の記憶にある路地裏の風景だ。久しぶりに自分の知っているところに帰ってきた気がして、思わず目頭がぎゅっとなった。

私の意識が外に向いた一瞬の間に、テーブルの上にはコーヒーが現れていた。独特の形状をしたマグからは、ほんのりと湯気が立っている。あ、そうだった、と思いながらサカキを見ると、察してくれたのか、「みんなびっくりするのよね、これ」と笑っていた。

カフェに来てみたはいいが、サカキとどんな話をしていいかはわからない。私は、ごまかすようにコーヒーを口に含んだ。少し甘めのカフェモカ。焙煎(ばいせん)がどうとか、豆がどこ産とか、難しいことは知らないけれど、いい香りがして、飲むと気持ちが安らぐ。

「で、どうなの?」

「どうなの?」

「もう、チュウくらいはしたのかしら」

は? と、私の頭のてっぺんから声が抜けた。サカキは、うっすらと笑みを浮かべ、覗き込むようにして私の表情をうかがっている。なにを聞かれたのか理解した瞬間、ほっぺたが熱くなって、耳がぎゅっと固くなった。

「な、なにをおっしゃっているのか」

「え、だって若い男女が一つ屋根の下にいるんだから、そんなことがあったっていいじゃないの」

いつの時代の価値観だ、と、私は苦笑する。なんとか平静を装おうとするものの、予想外の質問を受けたせいで、動揺が指先に出ていた。コーヒーマグを持つ手が、小刻みに震えている。

「そ、そういうんじゃないですし」

「あらそう。つまんないわね。私だったら、すぐ襲っちゃうけどね」

「お、襲う？」

「そうよ。夜にね、彼の布団にもぐりこみに行っちゃうわけ。それで、ワタシ寒いの、なんて耳元で囁いたら、男はもうイチコロなのよ」

イチコロ、と、私はバカみたいにオウム返しをせざるを得なかった。サカキが男性にそんなことをするのだろうか。うるんだ瞳で「ワタシ寒いの」と囁くサカキを想像して、危うくコーヒーを噴き出すところだった。

「そんなこと、考えたこともなかったです」

「あらそうなの？　あんまりタイプじゃないのかしら、彼」

「タイプがどうとかいう問題じゃないと思うんですよね」

「どうして？」

「私たち、死んでるわけですし」

「いいじゃないの細かいことは別に」

細かくないですよね、と言いたくなるのを堪(こら)える。「狭間の世界」の住人には、生きているかどうかはあまり関係がないのかもしれない。

「ねえ、じゃあ、どんな人がタイプなの?」

サカキが、女子会楽しいわね、と、私の逃げ道をふさぐようなことを言う。まさか、死んでまでガールズトークをしなければならないとは思っていなかった。

「タイプ、とかよくわかんないですよ」

「あんまりそういう経験ないのかしら」

「いや、そんなことないですよ。ありますあります。普通に、その、大学の頃に一度」

「そうなの。ということは、別れちゃったのね」

「別れちゃったんですよ。半年くらいで」

「なんでまた」

彼の浮気、と答えると、サカキは鼻息を荒くして、男に対する罵詈雑言(ばりぞうごん)を並べ立てた。放っておくと、怒りに任せて延々としゃべっていそうだ。適当なところで割り込まないと圧倒されてしまう。

「まあ、私に見る目がなかったというか」

「大事よお、見る目は」

「そうですよね。その元彼といる時に、父とばったり会ったことがあるんですけど」

「あら、それは大変」

「そしたら、会って何分もしないうちに、別れろ、って」

「あらまあ」

「私、すごい怒ったんですけど。彼の目の前でなんて失礼なことを言うのかと思って。でも、後々友達に調べてもらったら、浮気相手の情報が出るわ出るわ。むしろ、私も浮気相手の中の一人だったのかなって思うくらい」

元彼のことは、できれば思い出したくない過去だ。

大学の文化祭で知り合った彼は、私の目には誠実で優しい人に映った。話も面白かったし、人の目を引くような華がある人だった。そんな彼が、ある日私に付き合ってほしい、と言ってきたのだ。男の人に告白されるなんて、私には初めての経験だった。いつもなら親や友達に相談するところだけれど、私はその時初めて、私自身の意志で人生のルートを選んだ。

彼と手を繋いで歩いたり、たわいもない話をしたりするのは楽しかった。まさかこんなに優しい笑顔を私に向けながら、平気で嘘を吐いているなんて思いもしなかったから。

「最低な男じゃないの。お父さんの言う通り、別れて正解ね」

「そうなんですよ。うちの父がものの数分で最低男だって見抜いたのに、私は半年一緒にいてもわからなくて。すごい自信なくしちゃったというか」

すべてが明らかになった時、私はショックを受けて、しばらくなにもできなくなった。それ以降、今に至るまで男の人と交際することはなかったけれど、別に男性不信に陥ったわけではない。

私が信じられなくなったのは、自分自身だった。

「それはまあ、そうねえ」

「そんなことがあってから、私、自分で判断したり決めたりすることができなくなっちゃったような気がします。もう、両親の言うことに反抗してもいいことないんだな、って」

珍しく、サカキが「そっか」と静かにうなずいて、少し黙った。私も私で、なんでこんな話をしてしまったのだろうかと後悔した。自分の思い通りにいかなかった人生を、誰かに言い訳しておきたかったのかもしれない。

「じゃあなに、もう恋愛はこりごり、みたいな感じなの？」

「いや、そんなことないですよ」

「それならよかったわ。女子がね、恋もできないなんてことになったら終わりだもの」

「まあ、人生はもう終わりですけれども」

そういうことを言うんじゃないわよ、と、サカキがまた鼻息を荒くした。

「サカキさんは、じゃあその、どんな感じで付き合うんですか、男性と」

「私？　私はね、もうオトナだから。あんまりはしゃいだりせずに、フレンチでも食べて、バーでちょっとお酒飲んでその後は、みたいなのがいいわね」

その後は。と、私は再びオウム返しをする。

「あなたは、どんなデートがいいとかあるの？」

「私はその、あんまりこだわりはないんですけど、一緒にお買い物でもして、水族館でふよふよ浮いてるクラゲでも見られたら幸せ、って感じですかね」

「クラゲ？」

「クラゲです」

「楽しいの？　それ」

「楽しいって言うか、私はすごい見ていて落ち着くんですけど、やっぱり、男の人からしたらつまんないですよね」

「いいのよ。男なんてね、ホレてる女がいたら、どこまでも尻を追いかけてくるんだから。好きなように連れ回してやればいいのよ」

「お尻はあんまり自信がないんですけど」

ものの例えよ、と、サカキがあきれたように笑った。

「いいじゃない、行ってきたら？　彼と」

「行って、って、デートにですか？」

「そうよ。この世界では、あなたたちは自由に求めていいんだから」

求めよ、さらば与えられん。頭の中で、ワタルの声が響いた気がした。

「お買い物するところも？」

「もちろん」

「クラゲもでしょうか」

「あなたが求めるなら、クラゲでもクジラでもゴジラでも」

ゴジラはまずそうです、と、私は答えた。

箱庭のような世界の中で男性とデートをするなんていう発想は、今の今まで私にはなかった。きっと、この世界で唯一の男性であるワタルも、そんなことは考えもしていないだろう。それに、たとえそうしようと思ったところで、なんと誘えばいいのだろう。「ワタルくん、デートをしよう」

とか。そんな台詞を吐いた瞬間、気恥ずかしさのあまりに、私はその場で「完全なる死」を迎えてしまいそうだ。

「でも、あの子、いい子だと思うわよ」

「ワタルくんですか」

「そうそう。ちょっと変わってるけど、かわいらしいじゃない」

結構タイプなのよね、と、サカキがまた明るく笑い飛ばした。私を焚きつけて面白がっているのかもしれないし、実際、ほんとうにワタルを気に入っているのかもしれない。

サカキがぐいぐい押してくるので、ついワタルと一緒に歩く自分を想像してしまう。人差し指にわずかな傷のあるきれいな手がするりと私の手を握る。少しだけ見上げる位置にある横顔。優しい顔立ちとはミスマッチなくらいくっきりとした喉仏が、上下に動く。


いや、なんで私がワタルくんと。


心臓が慌ただしく動いて、少しだけ体温が上がった気がする。どうせ実体のない魂であるくせに変な動きをしないでほしいと、自分の体に対して憤った。それにしても、次にワタルの顔をどうやって見ればいいのだろう。私の勝手な妄想の登場人物にしてしまって、申し訳ないったらない。

一つ屋根の下、というサカキの言葉が再び思い出された。サカキはまるで、旧約聖書に出てきた蛇のようだ。言葉巧みにだまし、善悪の知識の樹の実をアダムとイブに食べさせる蛇。知恵をつけてしまった二人は、羞恥の感情を知って裸で過ごしている自分たちを恥じ、草の中に隠れてしまう。

まさに、今の私はそんな状態だった。男の人と一つ屋根の下にいるのだ、という事実を直視させられてしまって、戸惑っている。

ワタルは、私と一緒にいる生活をどう思っているのだろう。飄々としていてつかみどころのない、いわばクラゲのような性格のワタルが、一つ屋根の下、なんてことを意識しているようにはとても思えない。でも、そう考えると妙に悔しかった。変な目で見られるのはもちろん嫌だけれど、女として見られていないのも若干傷つく。矛盾に満ちていることは、もちろん自覚している。

でも、私の中で膨らみそうになった感情は、次の瞬間、すぐに風船がしぼむように萎えていった。心臓の動きは平常に戻って、手足も顔も、いつもの温度に戻っていく。恋愛とか、男性のタイプとか、ガールズトークの定番の話題も、やっぱり盛り上がりに欠ける。

なぜなら、ここは「狭間の世界」だからだ。

「ワタルくん、すごいですよ。私がこの世界に来てまごまごしてる間もずっと冷静で。私はいつも引っ張ってもらっている感じ」

私は浮ついた心をいつもの場所に引っ張り戻すように、サカキの言葉を当たり障りなくかわした。

「なよっとした顔してるけど、ちゃんと男らしいところもあるのね」

「そうですね。すごい気を遣ってくれるというか」

「へえ、そうなの」

「自分がなにかしたいっていうより、人になにかしてあげたいって気持ちが強いのかもしれないです。初対面の女にごはん作ってくれるとか」

「素敵じゃないの」

「いやでも、私の見る目、信用できないですからね」

私が自虐を付け加えると、サカキに、そんなことを言うもんじゃない、という内容の説教を食らった。サカキの言うことがいちいち耳に痛いので途中からは聞き流さなければならなかった。

「そんなにいい子なら、好きになっちゃいそうなもんなのにねえ」

「こだわりますね、それ」

「そりゃね、私の仕事なんて、あんまり楽しみがないんだから」

「管理人、ですか」

「そうよお。話す人みんな、この世の終わりみたいな顔して、ため息ばっかりついてるんだから」

「この世の終わりで間違いないですからね」

「あなたたちみたいにね、なんかちょっと楽しそうな人なんか、なかなかいないわよ」

自分たちは「なんかちょっと楽しそう」なのか、と思うと、他の人がどういう顔で「狭間の世界」にいるのか気になった。絶望に打ちひしがれて、毎日泣きながら過ごしているのだろうか。

「でも、好きですよ、ワタルくんのこと」

身を乗り出しそうになるサカキに、「人として」と言うと、その勢いは一気に止まった。なあんだ、という表情で、サカキが手をひらひらと振る。

「そういうのいらないわよ」

「これから死ぬっていうのに、好きとか嫌いとか言ってもしょうがないじゃないですか」

「だって、ここに二人でずっといたっていいんだから。永遠の愛。ロマンチックじゃない?」

「意外と乙女ですね、サカキさん」

「そうなのよ。意外とね」

「でも、永遠に同じ人と一緒、ってなったら、なおさら恋なんかできないですもん。上手くいかなくなったら、残りずっと地獄ですよ」

「あなた、意外と現実主義ねえ」

「そうなんですよ。意外と」

「なるほどねえ。じゃあ、なかなかそういうのはなさそうね」

サカキが口を尖らせて、軽く音を立てる。私は、やめてくださいよ、と笑ったが、ささやかな「女子会」の空気は、急にぴりっと張りつめた。サカキの目が、見る間に冷めていくのがわかった。

「少し、安心したわ」

「安心?」

「もう少しゆっくりしていたいところだけど、そろそろ行きましょう。時間がないから」

「え、あ、はい」

一体なにが起きようとしているのか、饒舌(じょうぜつ)なサカキの口が、見たことがないほど重く閉ざされている。時間がない? 時間だけは無限にある「狭間の世界」には馴染まない言葉だ。サカキは残りのコーヒーを一気に飲み干すと、立ち上がってダウンジャケットを羽織った。私も、急いでサカキに続く。マグの中にはまだコーヒーが残っていたけれど、私が立ち上がってコートに手をかけると、マグごと消えてなくなっていた。

「その、話っていうのは、あんまりいいことじゃないんですか」
「んー、そうね。いいことでもあるけど、悪いことでもあるわね」
「いいことで、悪いこと？」
「とりあえず言えることはね」

――どっちにしても、残酷な話だわ。

サカキの声が頭の中に響いて、胸の奥からざわざわとしたなにかがせり上がってくる。せっかくコーヒーを飲んで緩んでいた心が、また緊張で固くなっていく。

残酷。

聞きたくない。けれど、それは聞かなければならないのだろう。
目の前に、飄々としたワタルの顔が浮かんで、すぐに消えた。

✝伊達恒——嫉妬(エンヴィ)

ヘアサロン「シャローム」の、忘年会兼クリスマス会。

毎年この時期になると、繁忙期をなんとかやりくりして知り合いの店を借り切り、年に一度のどんちゃん騒ぎをする。オーナーの江波亜門(えなみあもん)は、その賑やかな光景が好きだった。昨今は飲み会を嫌がる若者も多いと聞くが、サロンのスタッフたちはみな集まって騒ぐのが好きなようで、忘年会は毎年盛り上がる。


だが、今日はいつものノリとは少し違っていた。

一人のスタイリストの送別会も兼ねているからだ。


今月で退職するのは、三号店のワタルだ。退職の申し出があったのは、亜門が来春オープン予定の新店をワタルに任せてみようかと思っていた矢先のことだった。どこか別のサロンに引き抜かれたのかと思ったが、そうではないらしい。家庭の事情で実家に帰らなければならないのだという。亜門が、美容師を辞めるのか、と聞くと、ワタルはあっけらかんとした口調で、そうなっちゃいますね、と答えた。

ヘアサロン業界は、常に飽和状態が続いている。美容師と名のつく人間は全国に五十万人以上いて、美容室の数も年に数千軒という単位で増えている。毎年、多くの若者が美容師という職業に憧れてシャロームに入ってくるが、採用する数とほぼ同数の人間が同じ年に辞めていく。独立や移籍もあるが、ほとんどは美容師を引退し、他の業種に転職することになる。

美容師の仕事は、とにかくハードだ。決して給料も高いわけではない。薄給と激務に耐えられず、夢破れて業界から去っていく者は後を絶たない。たとえ生き残って人気スタイリストになれたとしても、美容師の旬は他の業種より短い。四十を超えたくらいから、どうしても指名が減り出す。独立してサロン経営ができるのは一部だけ。結局は、異業種に転職するしかなくなるのだ。

十年後、二十年後もきっと生き残っていると思えるような若手は、ほとんどいない。それだけに、個人的に期待をかけていたワタルが業界を去るということには、落胆を禁じ得なかった。

「アモさん」

「お、おお」

「眉間にすごいしわ寄ってますよ」

考え事をしながら酒を飲んでいると、いつの間にか、グラスを持ったワタルが隣に座っていた。ワタルのグラスが空なのを見て、手近にあった瓶ビールを注いでやる。もうすっかり温くなっているが、ワタルは文句も言わずに半分ほど一気に飲んだ。返杯しろ、などと野暮を言うつもりはない。堅苦しい付き合いは嫌いだ。

「俺？」

「お前のせいだよ」

「イチから育てて、ようやく売り上げが立つようになったと思ったらサヨウナラだからな。そりゃないぜ、って思うだろう」

軽口にしたつもりだったが、予想以上に皮肉っぽくなってしまった。まあ飲め、とビールを注ぎ足してごまかす。

「俺一人分くらい、大したことないでしょう」

「まあ、計算違いが色々あるのさ。経営的にな」

新店の店長候補だったという話は、ワタルには伏せた。それで心変わりすることはないだろうし、去りゆく者の後ろ髪を引っ張るようなことはしたくない。ワタルは、亜門の言葉の意味がよくわからなかったのか、少しきょとんとした顔をした。

「すみませんでした」

「おいおい、いきなりなんだ。謝るなんて珍しいな」

「え、そんな珍しいですか」

「ワタルが俺に頭を下げるなんて珍事だね。東京に雪が積もりそうだ」

「そこまでひどくないでしょ、俺」

ワタルが、にやりと笑う。

思えば、これほど面倒なスタッフもなかなかいなかった。本来、「シャローム」では、入社から三年間はアシスタントとして基礎を学ぶという決まりがあるが、ワタルは二年目途中で昇格試験を受けさせろと言ってきた。他の社員の手前もある。決まりは決まりだと突っぱねたのだが、ワタルは執拗(しつよう)に食い下がってきた。三年もまごついている時間など俺にはない、と言わんばかりだった。

結局、あまりにもしつこいワタルに根負けして、亜門は昇格試験を許可した。実力が伴わなければば落としてやろうと思っていたのだが、その亜門の目の前で、ワタルは圧倒的なパフォーマンスを見せたのだ。

ごく少数ではあるが、この業界には己の腕一本で桁違いの年収を稼ぐ美容師も存在する。一等地に高級サロンを構え、超富裕層や芸能人を主な顧客とするような美容師だ。一回のカットだけで数万円から十数万円という金額を取り、その金額を払ってでも切ってほしいと人に思わせるような独創性と技術を持っている。

亜門もそういった美容師に憧れてこの世界に飛び込んだのだが、残念ながら、技術的才能には恵まれていなかった。自分の腕に見切りをつけ、経営に比重を移したのは三十になってすぐのことだ。商才はそれなりにあったらしい。「シャローム」は、店舗をどんどん増やしている。

経営者として、一応の成功は収めた。いちスタイリストとして客の髪を切っていた頃に比べると、収入は雲泥の差だ。自分よりも技術で勝っていた美容師が次々といなくなるのを横目で見ながら、亜門はサロン経営に情熱を燃やしてきた。どうだ、見たか。そういう気持ちも、全然なかったと言えば嘘になる。

生来の器用さやセンスは努力や理論で埋めることができる。技術的に劣っていても、接客や人間性で売り上げを稼ぐスタイリストもいる。美容師に才能は必要ない。それが亜門の持論だったし、入社してくるスタッフにもそう教えてきた。だが、目の前でモデルの髪をカットするワタルの指先は、亜門の持論を簡単に粉砕してしまった。

決して、完璧ではない。けれど、かつて亜門が憧れたカットスキルを、ワタルはすでに持っていた。モデルの髪質、クセを一瞬で見極め、見とれるような動きでカットしていく。俺の手はどうしてこんなにも鈍重なのだろうかと苦悩した日々を、ワタルは痛烈に思い出させた。なんだこいつは、と、腹の中がぐるぐると捻じれた。胸がむかついて、いらいらした。

それは、男の嫉妬だったかもしれない。

天性の才能を見せつけられた以上、個人の感情でその才能を潰すわけにはいかなかった。入社から一年半と少し。ワタルは、シャロームでは異例のスピードでスタイリストに昇格した。昇格当初は周囲からのやっかみもあったが、指名数を増やしてトップスタイリストまで駆け上がっていく間に、そういった雑音も捻じ伏せていった。

「なあ」

「あ、はい」

「ほんとに、辞めるのか、美容師」

「ほんとに辞めるんですよ、美容師」

「あっさりだな、おい」

「家の手伝いしながらじゃ、ちょっと無理かなって」

ワタルは、温いビールを飲み干すと、手酌で注ぎ足した。

「お前は、いいのか、それで」

「しょうがないですしね。嫌だって言っても」

「お前自身は、しょうがないで納得できてるのか？」

いかに天才的な素質があろうとも、センスや勘だけで髪を切ることは、まずできない。当然、カット理論の勉強が必要になる。ワタルは他のアシスタントが漫然と過ごしている間に、猛勉強して理論を自分の頭に叩き込んだに違いない。それだけじゃない。接客の時の話題作りに必要な知識も、顧客の嗜好に合わせて一つ一つ勉強していたはずだ。もともと話すのが下手だったワタルが、今は随分流暢に会話をこなすようになっているのがその証拠だ。

時間と努力を積み上げて到達した今の場所を、そう簡単に捨てられるものだろうか。いかに事情があるとはいえ、ワタルからそういう悔しさが感じられないのが、亜門には理解できなかった。

「納得、ですか」

「そうだよ。全部やり切ったって思うのか？」

「まあ、全部できたかって言ったら、そうでもないかも」

「じゃあ、少しは未練がましいことも言ったらいい」

亜門は自分が酔っ払っていることを自覚しながら、ワタルにカラんだ。ワタルはわざと困り顔を作って見せたが、それほど困っている様子はなかった。

端のテーブルから、ワタルさん！　というお呼びがかかる。ワタルは、ちょっと待ってて、と言うように、軽く手を上げた。亜門は、行ってこいよ、とワタルの肩を叩いた。

「いいですよね、みんな」

「うん？」

「正直言うと、俺、うらやましいなあ、って思っちゃったりするんですよ」

「うらやましい？　あいつらがか」

「そうそう。うらやましいの通り越して、若干妬ましいくらいの」

「なんでだよ」

「みんな、俺にないもの持ってるんですよね」

「お前にないものって、そんなのあるか？」

「ありますよ」


――時間。

亜門も含めて、ここにいるすべての人間に、バラ色の未来が待っているわけではない。だが、少なくとも、一年後、二年後、という単位で人生が変わると思っている人間は少ないだろう。実際、来年の亜門は今の亜門と大して変わっていないはずだ。二年後も、それほど変わらない一年が待っているに違いない。

ワタルの顔が赤い。亜門と同じように、少し酔っているのかもしれない。冗談のように言ったが、時間があるやつらがうらやましい、という言葉は、ワタルの本音であるように思えた。


「アモさん、俺、ちょっとあっちにも顔出してきますね」

「ワタル」

「あ、はい」

「勘違いはするなよ」

「勘違い？」

「人生には、レールなんてないんだからな」

我ながら、なんと薄い言葉だろうと、亜門は舌打ちをしたくなった。ワタルは笑みを浮かべて、ありがとうございます、と頭を下げた。

どうして、そんな顔で笑えるんだ、お前は。

亜門は、別のテーブルに移っていくワタルの背中を見ながら、焼酎(しょうちゅう)を一気にあおって喉を焼いた。いくら飲んでも、胸につかえたものは流れ落ちていかなかった。

狭間の世界（8）

サチの家のダイニングスペース、椅子に浅く腰かけた俺の前に、二枚のカードが置かれた。一枚は、赤いカード。もう一枚は黒いカードだ。プラスチックの下敷きのような質感で、大きさは普通のトランプほどだろうか。カードにはなにも書かれておらず、一体なんのためのものか見当もつかない。

　カードを俺に渡してきたのは、サカキだ。また、前と同じように急に部屋に入ってきたかと思うと、話がある、と、一方的にまくしたてた。食料調達に出ていたサチは途中で捕まったらしく、サカキと一緒に帰ってきて、俺の隣の椅子に座らされた。そこで、なんの説明もなくいきなり、二枚のカードが出されたのだ。

　サチの前にも、俺と同じカードが二枚並べられた。サチは黒いカードを手に取って、手の中で曲げてみたり、裏返してみたりしている。どうやら、サチもまだ、カードについてなにも聞いていないようだ。

「先に、ちょっとお話をするわね」

「ああ、はい」

「まず、あなたたちが一緒にいるっていうのは、やっぱり手違いだった」

「手違いって」

誰の？　という俺の問いに、サカキは首を振った。それはわからないし、そういうものだと思って聞いて欲しい、ということらしい。俺たちの生きる死ぬには、「なんらかの意思」が働いている。でも、それがなんなのかは、サカキにもわからないようだ。たぶん、俺たちが「神様」と呼んでいる存在が、それに近いものなんだろう。

「こうやって、二人の世界がくっついちゃうってことは、本来あってはならないことでね」

「あってはならないって言われてもな」

「あなたたちがここに来る時、同時にかなりの数、魂の流入があったの」

「魂の流入？」

「肉体から離れた魂が、『狭間の世界』にやってきた」

「ってことは、人がたくさん死んだっていう」

サチをちらりと見る。唇が「小っちゃい星」と動きそうになるのを、絶対違うから、と先回りして制する。

「なにが起こったかは知らないけれど、とにかくてんてこ舞いでね。まあ、私が忙しいのはいいとして、たくさんの『狭間の世界』が作り出される過程で、手違いが起きた。あなたたちの世界が、一つになっちゃったのね」

「普通は起こらないような」

「そう。稀（まれ）な出来事でね。ありえないとは言わないけれど、滅多に起こらない。だから、私もちょっと気になっていてね」

手違いがあったと言われても、俺もサチも、ある日突然、一緒の世界に放り込まれていただけだ。

リアクションのしようがないし、ごめんなさいと謝る筋合いもない。

「私、ちょくちょくここに来てあなたたちを見てたんだけど」

　俺もサチも、えっ、と声を上げた。サカキに見られていたとは気づかなかった。別に見られて困るような生活はしていなかったけれど、どうせ見に来るならひとこと言ってくれればいいのに、と思った。

「はあ」

「これは、マズいな、って思ったのよ」

「マズい？」

「あなたたち、結構楽しんでいるように見えたから」

「楽しんでるかと言われたらどうかなと思いますし、退屈なのは間違いないですけど、それなりに楽しみを見出（みいだ）さないと、時間も埋められないですし」

「ここはね、生と死の狭間なの。つまり、肉体を持った物質から、魂という純粋な存在になっていくための世界。人間、自分が物質であった頃の観念に縛られていると、いざ魂になった時に新しい感覚を受け入れられなくて、死を拒絶してしまうの。だから、物質であった頃の理（ことわり）から解放して、純粋な魂にしてあげないとダメなのよ。それを、魂の救済、と呼んでるわけ」

　物は言いようだな、と、俺は苦笑した。「魂の救済」と呼ぶより、「人間性の剝奪（はくだつ）」とでも呼んだ方がしっくりくる気がする。

「それって、救済、なんですかねえ」

「まあ、人の肉体ってのは制限が多いでしょ。思うようにならなかったり、痛かったり苦しかったり。肉体っていう制約だらけの器に押し込められて物質世界の理に凝り固まった魂を、もっと自由にしていいのよってほぐしてあげるのが、救済ってこと。『狭間の世界』は、その救済の前段階ね。未練とか欲とか、魂を物質世界に縛りつけようとするものを、少しずつ、ゆっくりと解いていくところ」

そうか、視点が違うのか、と、俺は思った。

死は恐怖、生きることがよいこと、という価値観を持っていると、「狭間の世界」はなんだか嫌なところに思える。でも、肉体という器を捨てて魂になることがいいことなら、サカキが「救済」と呼んだことも、わからなくもない。かといって、ああそうか、と納得できるわけでもないけれど。

「俺はまだ、その物質的なものから離れられてないのか、やっぱり、自由な魂になりたい、とは思えないんですけどねえ」

それよ、それそれ、と、サカキがうなずく。

「それがマズいのよ」

「はあ」

「やっぱりね、あなたたち二人でいると、どうしても生きていた頃の価値観から抜け出せないわけじゃない。モノを食べる、とか、時間を決める、とか、ルールを作る、とか。生きていた頃は、それが当たり前のことだっただろうけど、それを続けてたんじゃ、いつまでたってもあなたたちは次の世界に行けない」

「寝るな、食うな、ってことですか」

「いや、それは無理よね、ってことよ。人っていうのは、他人が存在するから人になるのであってね。逆に言ったら、誰かがいると人のままでしかいられないと思うのよ」

「そういうもの、か」

「だから、二人一緒のままじゃダメなのよね」

「俺とサチの世界を、分けなきゃいけないってことですかね」

ちらりと横を見ると、サチが不安そうな顔で俺を見た。元々、俺とサチそれぞれに「狭間の世界」が割り当てられるはずだったとはいえ、今さら一人ずつになれと言われても難しい。こんな世界にぽつんと自分だけが取り残されて、純粋な魂とかいう気体か液体かもわからないものに変わっていくことを想像すると、背筋がぞくりとした。

「ところが、それはできないのよ」

「できない？」

「一度作られてしまった世界を壊すことはできなくてね。あなたたちを切り離すことは無理なの」

「じゃあ、今後もずっとこのまま？」

「そうもいかないから、どうにかしなきゃってことになってね。そしたら、こうなった原因がわかったの」

「原因」

「そもそもの話なんだけどね。あなたたちが生きていた世界というのは、魂の総量が決まっているのよ」

「魂の、総量？」

「そう。あなたたちの肉体が生きていた物質世界に流れ込んでいく魂の量と、魂の源であるこちら側に戻ってくる魂の量は、常にバランスが取れているってこと。生命が宿している魂の総量も、とても繊細なバランスの上に成り立ってるの」

「でも、世界の人口って、どんどん増えてますよね？」

サチが、控えめな声で口を挟む。

「お嬢さん、魂ってのは人間だけのものじゃないのよ」

「あ、それは」

「人間の数が増えるほど、他の生命は数を減らしてる」

「人間が、他の生物を絶滅に追いやってるから、ってことですか」

「まあでも、そういう説教臭いことを言いたいわけじゃないのよ。それもまた摂理。それに、生物だけでなく、あらゆるものに魂は宿るのよ。自然を動かしているのも魂の存在。物質というのは器でしかなくて、そこに魂がなければ形を成さない。結局ね、この宇宙が生まれたその瞬間から、そして世界が理の下に動き出した頃から、魂の総量というのは変わっていないのよ」

サカキは、ふう、と一息つくと、サチと俺を交互に見た。

「結論から言うと、あなたたちはここに来なくてもよかった」

「来なくてよかった？」

「それは、どういう意味ですか」

「あなたたちと同じタイミングで、大勢の人の魂がこっちにやってきた、ってさっき言ったでしょ？　それがね、ちょっと予定よりも多かったのよ」

「予定？」

「人の運命っていうのは魂の総量の調整なの。ちょっと嫌な言い方になっちゃうけどね。あなたたちが生きていた物質の世界にある魂の量と、こちらの世界にある量と、どちらかが多すぎてもいけないし、少なすぎてもいけない」

「死ぬ人間なんて世界中うじゃうじゃいるけど、一人二人で変わります？」

「変わるわ。その瞬間に大きな変化はないかもしれないけれど、微(かす)かな不均衡はどんどん大きくなっていくものだから。蝶(ちょう)の羽ばたきが嵐を生む、みたいなね。魂の総量を調整するのは、すごく微妙な問題なのよ」

「じゃあ、俺たちが死んだのは、っていうか、そもそも人が死ぬのは、その魂の調整うんぬんのためってこと？」

「誤解を恐れずに言うなら、そういうことね。俺の人生をなんだと思ってるんだ、って感じちゃうかもしれないけど、もうちょっと大きな話なのよ。地球が太陽の周りを回ってるとか、宇宙が銀河が、って話をしてる時に、生物の一生が顧(かえり)みられないのと同じような理屈」

俺の腕に、ぞわり、と鳥肌が立った。宇宙のことを考えると、自分の存在が消えてしまうような感覚があって、嫌だ。

「そりゃ、調整って言われたら、いい気はしない」

「ごめんなさいね。他に言葉が見つからなくてね。あなたたちの人生の価値をないがしろにしようとは思ってないのよ。でも、大きいところから見ると、そういうことになっちゃうのよね。視点の所在の問題だわ」

調整とかの詳しい内容については聞かないで、と、サカキは先回りして俺の疑問を封じた。

「つまり、俺たちは余分だった、ってことか」

「そういうことね」

「魂が多い時はどうするのが普通なんですかね」

「もし、肉体に戻れる魂があるなら、戻すことにしてる」

それって、と、俺とサチは目を合わせた。

「生き返る、ってことですか」

「そういうことになるわね。向こうの世界でたまにあったでしょ？　息も心臓も止まった人が、奇跡的に蘇生する、とか」

あー、と、なんとも言えない声が、俺の口から漏れた。背もたれに体を預け、大きく息を吸う。やった！　と両手を上げて喜ぶような感じではなかったが、体から力が抜ける程度にはほっとした。

とりあえずよかった、という気持ちを伝えようと、サチに目をやる。けれど、サチは不安そうな表情のまま、唇をきっと結び、サカキを見続けていた。小さな両手を胸の前で握って、緊張を解こうとしない。

「あの、サカキさん」

「なにかしら」

「お話はなんとなくわかったんですけど」

「あなたたち、若いから呑み込みが早くて助かるわ」

「じゃあ、このカードはなんなんですか」

サチが、テーブルに並んだカードを指した。

「元の世界に戻るにあたって、あなたたちの意志を示すカードよ」

「意志？」

「元の世界に戻りたいのか、魂の世界に行きたいのか、それを聞くためのものね」

サカキは、サチの前に置いてあったカードをつまみ上げると、両腕を伸ばして、カードを俺たちに見せつけた。

「赤は、生存の意志を表すカード。元の世界に戻りたい、という意味になるわね」

「生存」

「黒は、死の享受を意味するカードね。現世に戻るより、魂の救済を求めるなら、こちらのカードを選ぶ」

そんなの、と、俺は赤のカードを手に取った。

「赤に決まってる」

「ワタル、くん」

「まだやり残してることだってあるし、当然、赤でしょ、こんなの」

「ねえ、ワタルくん」

サチが、俺の言葉を横から遮る。目が合うと、サチは小刻みに首を横に振った。眉間にしわが寄っている。サチの言いたいことがわからずに、俺は首を捻った。サチは、俺が口を閉じるのを確認すると、大きく息を吸い込んで、正面のサカキに向き直った。

「そんなに喜ばしい話じゃないんですよね、サカキさん」

「そうね」

「残酷な話、って、さっき」

「そう。残酷な話」

サカキは、手に持っていたカードを置き、また大きく一つ、ため息をついた。何度かしゃべり出そうと息を吸い込むようなそぶりを見せたが、口を開けては閉じる、の繰り返しだ。

「サカキさん、私、あの」

「うん？」

「なんとなく、わかっちゃったかなあって」

無理やり口角を上げて笑顔を作ったサチが、置かれたカードを手に取った。俺たちの意志を表すという、赤と黒のカード。


震えている？


サチの肩が震えている。横顔を覆う長い黒髪が、肩の震えに合わせてかすかに揺れる。指先にぎゅっと力をこめているように見えるが、それでも震えを抑えることができていない。呼吸が、浅く、速くなっていく。サチの口から、「あの」「その」という、声が何度か放たれたけれど、その後の言葉がなかなか続かなかった。

「魂の総量って、決まってるんですよね？」

俺とサチが、一緒にいると、魂の世界には行けない。

生き返るために、俺たちは自分の意志を示さなければならない。

魂の総量は決まっている。多くても、少なくてもダメだ。

それはつまり。

「生き返ることができるのは、私とワタルくん、どちらか一人、ってことですね？　そして、それを私たちに決めろって、そういうことですよね？」

俺の頭に浮かんだ言葉とほとんど同じ言葉を、震え声のサチが吐いた。

「あなた、若い上に賢いから助かるわ」

重苦しい響きを伴って、サカキがようやく返事をした。なるほど、と、納得がいったように思えたが、俺はその話の「残酷さ」をまだしっかり理解できずにいた。ああそうなんだ、やっぱり、ウマい話なんてなかなかないよな、と、簡単に呑み込んでしまっているだけで、感情がついてこない。

サチは、なにを考えているんだろう。カードを持ったまま震え続けるサチの手を見て、俺は心が急速に冷えていくのを感じていた。

✝久遠幸——嫉妬(エンヴィ)

客先での商談が終わって建物の外に出ると、すっかり陽が落ちて暗くなっていた。実花は「寒い」とぼやきながら、慌ててマフラーを巻く。後に続いて、久遠幸が外に出てきた。久遠も実花と同じように「寒い」とつぶやきながら、急いでマフラーを巻いた。

思わず二人で顔を見合わせ、笑う。

今日のプレゼンは、すべて久遠に任せた。拙(つたな)いところもあったが、ともすれば殺伐とする交渉の場を、上手く和ませながら乗り切った。嚙みつかれると刺々(とげとげ)しくなってしまう実花よりも適任だったかもしれない。

クライアントとの交渉は、年末ぎりぎりまで続くことになりそうだ。当初、久遠は担当から外す予定だった。部長が「年末は久遠を休ませろ」と言ってきたからだ。けれど、当の本人が部長の指示を頑としてはねのけ、担当したいと直訴してきたのだ。


一生懸命な人は、嫌いじゃない。

自分で自分をデキる女だとは思わないが、実花は人に任せるより自分で仕事を抱え込んでしまうことが多い。今回の件も、久遠を外したら実花がすべて背負うつもりでいた。けれど、さすがに今年はオーバーフローしていたかもしれない。久遠が部長に反抗してでも残ってくれたおかげで、正直助かった。コネ組はこれだから、と、変な先入観を持っていたことを、素直に謝らなければならない。まだ謝っていないけれど。

街を少し歩くと、クリスマスのイルミネーションが目に飛び込んでくる。今年の冬は、そんなものとは無縁だ。別れた恋人とはもう会うこともないだろうし、仕事が忙しくてそれどころではない。クリスマス不参加を仕事のせいにできるのは、逆に救いではあったが。

「もう、クリスマスかあ」

「クリスマスですね」

「ねえ、久遠」

「あ、はい」

「あいつらの髪の毛、急に燃え出したらいいのにとか思わない？」

光に溢れた街を、手を繋ぎながら幸せそうに闊歩(かっぽ)するカップルを顎で指して、実花は毒づいた。久遠は一瞬驚いたように目を丸くしたが、「思わないですよ」と、笑顔ではっきり否定した。同意してよ、と、実花は口を尖らせて後輩の肩を小突く。

「そんなこと考えてるんですか、主任は」

「そりゃそうよ。ムカつくもん」

実花が、両手をカップルの背中に向けて突き出し、燃えろ、と念じると、久遠が隣で真似(まね)をした。クリスマスに恋人のいない女二人が嫉妬全開で呪いを振りまいている姿は、無様すぎて笑えてくる。

「来年こそは、新しいオトコとクリスマス過ごしてやるから。絶対に」

「私も、来年はそろそろ、そういうクリスマスにしたいですね」

「久遠は、あてがないわけ？」

「んー、ないですよね。悲しいことに」

「なんでよ」

「なんでと言われましても」

なんででしょう、と、久遠が深々とため息をつく。

久遠のプライベートはよく知らないが、実家が金持ちで、本人もお嬢様学校卒という優良物件だ。見た目も悪くない。放っておいても、ハイクラスな男がうじゃうじゃと寄ってきそうなものだ。よりどりみどり、選びたい放題。妬ましさのあまり、久遠のほっぺたをつねってやりたくなる。宝の持ち腐れ状態なら人生丸ごと取り換えて欲しい、と、実花は半ば本気で考えた。

「まあでも、久遠は恋人なんかいなくてもいいか」

「え、なんでですか」

「だって、なんか充実してそうじゃん。友達も多そうだし」

「それが。友達もほとんどいないですし、趣味もこれと言ってないですし」

「そうなの？」

「だから、ああいう人たち見ると、うらやましくなりますよね」

久遠の視線の先には、商業施設のイルミネーションを見上げる男女の姿があった。へえ、と、実花は自分より少し低い久遠の顔を覗き込む。

「さっきは、妬ましいって思わない、って言ったじゃない」

「さすがに、燃えろとまでは」

久遠が邪気のない顔でころころと笑った。金持ち喧嘩（けんか）せず、とは言うが、妬み、嫉（そね）み、といった、人間の雑味とは無縁の笑顔だ。その分、久遠は輪郭が薄い。触れたら折れそうな儚（はかな）さとは違うが、人生に爪を立ててしがみつくような、強（したた）かな生命力は感じない。ある日突然、自分の前からすっと消えていなくなってしまうんじゃないか。わけもなく、そう感じることがある。

「久遠は、彼氏ができて結婚することになったら、仕事辞めるの？」

「えっ、真剣に考えたことないですね、そんなの」

「考えなよ、少しは」

「彼氏がいもしないのにそんなこと考えるのも、悲しいじゃないですか」

それ、アタシにケンカ売ってんの？　と、実花は久遠に詰め寄った。そんなつもりじゃないです、と、久遠が慌てる。

「ダンナが仕事辞めろって言ったらどうする？」

「んー、どうなんですかね。好きな人に言われたら考えちゃいますけど」

「好きな人、か」

「まあ、当分辞めませんよ。あてがないので」

久遠が退社していなくなっても、きっと、実花の人生は変わらない。いなくなってすぐは少しくらい寂しいと思うのかもしれないが、それもほんの一時（いっとき）のことだろう。実花の人生において、久遠の存在はあまり大きくない。数名いる会社の部下の一人で、プライベートでの付き合いはなく、人として好きでも嫌いでもない。よく行くヘアサロンの担当スタイリストの方が、よっぽどいなくなった時に困るかもしれない。

「主任はどうするんですか？」

「なにが？」

「会社辞めてくれよ、って言われたら」

「アタシ？　絶対イヤ、って言う」

「即答じゃないですか」

「だって、イヤだもん」

「やっぱり、お仕事が好きなんですかね」

「いやいや、仕事なんか全然好きじゃないから」

「え？」

「でもさ、ダンナの稼ぎに乗っかっちゃうと、自分の立場が弱くなっちゃうのがイヤなんだよね」

「ああ、なるほど」

「自力で稼げないと、簡単に離婚できなくなるじゃん。そうなったら、ダンナになに言われても言い返せないし、そんなの堪えられないからさ」

「付き合う前から離婚のこと考えてるんですか」

「うっさいよ。リスクマネジメントってやつだって」


いつからだろう。真っすぐに人を好きになれなくなったのは。

大人の女が、一旦、自分一人だけの生活を作り上げてしまうと、それを壊す力が必要になる。以前は、恋人ができれば恋人に合わせて生活スタイルからヘアスタイルまで変えていたが、今はそこまでできる気がしない。人を好きになりたいという気持ちは年々萎えていって、高校生の頃のような一方通行の恋愛なんて、きっともう、二度とできないだろう。

クリスマスの街を歩くカップルを見て、妬ましい、と口では言いながら、実はうらやましいとも妬ましいとも思っていない自分もいる。心がアップダウンする刺激的な毎日より、自分の世界に閉じこもって、平穏な毎日を送った方が何倍も楽だということに、最近気づいてしまった。

「街のカップルもいいなあって思うんですけど」

「うん？」

「私、主任もうらやましいなって思うことがありますよ」

「は？　アタシ？」

「誰にも頼らずに自分の足で立ってて、周りからも頼りにされてますし」

バカバカ、と、実花は手をひらひらさせながら笑った。

「そういう女はかわいくないんだよ、男から見たら」

「私は、主任みたいになれたらいいなって思うんですけどね」

「やめときなよ。結構大変なんだから。アタシはむしろ、久遠みたいな女子になりたいよ。その方が人生上手くいきそう」

「つまんないですよ、私の人生」

「なんで？」

「なんかもう、レールの上を走ってるだけですからね」

「ああ、アタシもそうだったけどなあ」

　ほんとですか？　と、久遠が少し前に出て、実花の目を見た。その目の力が思いのほか強くて、実花は少し驚いた。

「うち、親が厳しかったからさ。門限は六時！　みたいな。受験も就職も、ああせえこうせえって。結構最近までうるさく言われてたけどね」

「そんな風にはまったく見えないですけど」

「今はね。もう、言われんのが面倒臭くなって、親に、ほっとけ！　って怒鳴っちゃったからさ。それからは、自分の好きなようにやってる」

「よく言えましたね、そんなこと」

「今思えば、そうね」

「なにか、きっかけでもあったんですか？」

　きっかけか、と、実花は首を捻った。適当にはぐらかすこともできたが、久遠ががっしりと食いついて、それを許さない。親のコネで入社した分、久遠にも思うところがあるのかもしれない。

「別に、きっかけって言うほどのことじゃないけど、星を見たからかな」

「星？」

「五年くらい前かな。友達と旅行に行ってさ。そこで見た星空がすごくて。もう、空全部星で、頭おかしくなりそうなくらい」

「そんなにですか」

「星の一生に比べたら、アタシの人生なんてあってないようなもんだっていうのに、その星がゴミとかホコリと同じくらいのレベルで空に散らかってるからさ。そんなの見ちゃったら、もう細かいこととかどうでもよくなって、好きなように生きるわ、ってなったよね」

「星空見て、ゴミとかホコリって言う人なかなかいないですよ、主任」

「うっさいよ。スターダストとか、星屑(ほしくず)って言うじゃん」

星空ですかあ、と、久遠が空を見上げた。つられて、実花も上を向く。都会の空は、曇っているわけでもないのに星が見えない。一つだけ、ぽつんと光る星があるが、「月ではない」ということ以外、何座だとか何星だとかはわからなかった。

「私も、そういう星空見たら、人生変わりますかね」

「だって、海外とか行ったことあるでしょ？　見たことない？」

「両親と旅行に行くと、夜は外に出してもらえなくて。そもそも、星空がきれいに見えるような自然に溢れた場所は母が嫌がるんで、行くのは街ばっかりなんですよ」

「なんで？」

「でっかい虫が出る、って」

「ああ、なんかデカそうだもんね。海外の虫」

都会の空に浮かぶ一番星は、独りぼっちのまま、ふらふらとした光を発している。地上のイルミネーションの方が、よっぽど星空に見えるくらいだ。道行く人は空にある星になど意識を向けることはない。あの星も、おいおい、そういうのはこっちの役目でしょ、と、地上のキラキラを妬ましく思ったりするだろうか。

「ちなみに、どこで見たんですか?」

「なにを?」

「星です、星空」

「あー、どこだっけな」

記憶を探って、満天の星を見たところまで、人生を巻き戻していく。

天ノ川町。

確か、そんな名前の小さな町だったはずだ。

狭間の世界（9）

「おいしいよ？」

「うーん」

私は、もぐもぐと口を動かし、広がる味を確かめる。ワタルの倍ほどの時間をかけてようやく出来上がった「私カレー」は、食べられないほどまずいわけではないけれど、もっと食べたいと思えるほどおいしくもない。なにか大切なひと味が抜けているようで、食べた瞬間から物足りなさを感じる。私が何度も首を傾げながら食べているのを見かねて、ワタルがフォローを入れてくれた。

「なにが違うんですかねこれ、ワタルくんが作ったやつと」

「そんな、言うほど変わんないと思うけどな」

「いや、水っぽいし、味がぼんやりしてるし、全然おいしくないし」

「んなことないって」

「なんかね、魂が抜けてるんですよ、魂が」

「そこまでひどくないって」

「気を遣わなくても」

「気は遣ってないって」

ワタルに「気など遣ってない」という、気遣いに満ちた言葉をかけられると、どうしてなんだろう、という自分への失望が募る。

　ワタルからは、野菜の切り方から火加減の調整の仕方まで、料理の基礎を丁寧に教わった。さらに、「ワタルくんカレー」のレシピまでわざわざ書き起こしてもらって、今日はそのレシピ通りに作り上げたはずだった。肉は、ワタル流で鶏肉を使い、隠し味はスーパーにある焼き鳥のタレ。水の分量もルウの分量も間違えていないし、煮込み時間もレシピ通り。なのに、出来上がった私のカレーは、ワタルが作ったものには遠く及ばない、すかすかで味気のないカレーだった。

「絶対、レシピ以外のもの入れてますよね」

「隠し事とかないから。隠し味までちゃんと書いてあるじゃん」

「じゃあ、おいしくなる魔法を使ってる」

　ワタルが真顔のまま、「おいしくなぁれ」と、私のカレーに向かってピアノでも弾くように両手の指を動かす。もちろん、そこからもう一口食べたところで、薄っぺらい味はまったく変わらない。

　もはや、このカレーに足りないものは「気持ち」とか「愛情」とか、そういう目に見えないものなのではないかと思ってしまう。愛情は最高の調味料、なんていう言葉もよく耳にするし、「相手においしいものを食べて欲しい」という気持ちが実際にうまみ成分みたいなものに変わって、レシピ以上のおいしさを生み出すのかもしれない。そうとしか思えない。ワタルに、私のことが好きなんですか、と聞いてみると、なに言ってんの？　と一蹴された。

　そんなにバッサリ否定しなくてもいいのに、とため息をつくと、テーブルの隅に重ねて置かれた二枚の封筒に目が行った。封筒には、赤と黒、二枚のカードがそれぞれ入れられている。

——赤は生存。
——黒は死。

サカキが置いていったそれらは、指に刺さった棘のように無視できない嫌な存在感を放っている。ごはんを食べていても、いつものように取り留めのない話をしていても、どうしても視界に入って来て、意識の外に出ていってはくれない。

「気になる、よな」

「あ、あー、その、ちょっとだけ」

私の視線に気づいて、ワタルが封筒を手に取った。二枚のカードを封筒から取り出して、私の魂抜けカレーを食べながら目の前に並べる。

サカキの話によると、私たちはそれぞれ、どちらかのカードを一枚選ばなければならないようだ。赤を選んだら、元の体に戻れる。黒を選べば、「狭間の世界」に留まって、いずれ「完全なる死」というのを迎えることになる。けれど、赤を選んで生き返ることができるのは私とワタルのいずれか一人だけだ。私たちが生きていた世界は魂の総量が決まっていて、調整のために生還が許されるのは、「一人分」だけなのだそうだ。

私たちは、相手の意志を確かめることも、相談することもできる。でも、カードを選ぶ時は、相手に見られないように封筒に入れ、渡されたシールで封をしなければならない。あくまで、最終決定は自分の意志で、ということが原則らしい。

サカキは「相手をだまして、出し抜いても構わないわよ」と言ったけれど、それには私もワタルも、いやいや、と首を振った。相手をだまして死なせて自分だけが生き返るなんて、そんな映画や小説みたいなことなんかできるわけがない。サカキの「残酷な話」は、ようやくこの世界に慣れ始めていた私の心に、不規則で不愉快なさざ波を立てている。

「なんかこれ、嫌だね」

「せっかく、ないのに慣れてきたのにな」

サカキは二枚のカードと封筒のセットと一緒に、今まで「狭間の世界」には存在しなかったものを一つ置いていった。

正確に時を刻む、時計だ。

少し古めかしいデザインのアナログ時計。ローマ数字が書かれた文字盤の上を、細い秒針が滑らかに走っている。秒針が一周する間に長針がわずかに傾き、長針が一周する間に短針が少しずつ傾く。生きている間、当たり前のように見てきたはずの円運動が、今はなぜか目障りでどうしようもなかった。

時計が持ち込まれただけで、私たちの世界には時間が存在するようになった。サカキは「短い針が六周し終える頃」に封筒を回収しに来る、と予告した。回りくどい言い方だけれど、簡単に言えば、三日後、ということになる。

サカキは詳しく説明をしなかったけれど、三日間という時間は、どうやら私たちの肉体が魂なしで生きていられる限界のようだ。「狭間の世界」での三日間は、元の世界では数時間か、数分か、もしかしたら数秒にも満たない一瞬かもしれない。いずれにしても、与えられた時間内に決めなければ、意志がどうであっても、戻るべき器を失ってしまう。

今までは無限にある時間を持て余していたのに、今さら時計なんかを出されても困る。いつまで続くのだろうと思っていたワタルとの生活に、突然、残り二日半というタイムリミットができてしまった。こうして、私のおいしくないカレーを食べている間にも、刻一刻とその時は迫っている。

「ちゃんと、決めないとだめですよね」

「俺は、もう決めたけど」

「どういう、こと?」

柔らかい笑みを浮かべながら、ワタルは黒のカードを手に取って、自分の顔の前に掲げた。「生存」の赤いカードは、反対の手がするりと端に追いやる。

「黒」

「黒って、だって」

「サチは、赤のカードを選ぶ。そして、生き返る」

いやいや、と私は首を横に振った。まだなにも話していないうちから、どうしてそんな結論になるのかがわからない。

「勝手に決めないでください」

「でも、自分のカードは自分で決めろって、サカキも言ってたしさ。俺は、自分の意志で黒を選ぶって決めた」

「そんな、どうして」

「サチも、どちらかを選ばなきゃいけないのは一緒だけど、俺が黒を選ぶって決めたんだから、赤を選べばいいっていうだけの話」

「それじゃ、ワタルくんは戻れない」

「戻れないよ」

「だめじゃないですか」

「だめってことないでしょ」

「だめですよ、そんなの」

このカードは、私たちの命そのものだ。本来ならあと何十年か続いていたはずの人生をもう一度生きる権利。ワタルが自分よりも他人を優先する性格であるとはいえ、いくらなんでも自分の命まで与えてしまうというのは考えがなさすぎる。俺は黒でいいから赤を選べ、と言われても、はいそうですか、ありがとうございます、と遠慮なく受け取るメンタルなんか、私にはない。

「もっと、ちゃんと考えないとだめですって」

「ちゃんと考えてる、けど」

「考えてないですよね」

ワタルが、「困惑」という文字が浮かび上がりそうなくらいの困り顔で首をひねった。私が反論する理由がわからない、といった様子だ。

「考え過ぎてもよくない」

「なんでですか」

「だって、どんなに頑張っても生き返るのは一人だしさ」

「一応、二人とも生き返ろうと思えばできるんですよね？」

「それ、俺は選択肢に入れたくない、かな」

もし仮に、私とワタルが二人とも赤の「生存」カードを選んだ場合は、一人分の魂を二人で分けることになるらしい。私もワタルも生き返ることはできるけれど、体に戻すことができる魂は半分になってしまう。問題は「魂が半分になった人間」はどうなるのか、ということだ。

サカキは、はっきり「こうなる」とは言わなかった。魂が半分になると、けれど、口振りや言葉の端々を繋げていくと、大まかな姿を想像することができた。魂が半分になると、私たちは人間としての要素を半分失う。体はそのままかもしれないけれど、私が私であるためのもの、ワタルがワタルでいるためのものは、半分になってしまうということだ。

今、こうして「狭間の世界」にいる私が魂そのものであるとしたら、今の私という要素の半分だけが元に戻るということになる。記憶。基本的な人格や人間性。今の私を形作っているものが半分になってしまったら、それは「私」と呼べるものになるだろうか。

自分で作った、「魂抜けカレー」をもう一度見る。きっとこういうことなんだろうな、と、魂が半分になった人間の姿を想像する。見た目は私のままだけど、すかすかで、味気ない私。

「そう、ですよね」

「あんま、いい結果にはならなそうだし」

「うん。わかってる。わかってるんですけど」

正直に言えば、私は死にたくない。生き返りたい。そしてまたなにごともなかったように、以前と変わらない自分の生活に戻りたい。自分の部屋の布団にくるまって、なんの心配もせずに眠っていたい。そう思ってしまう。

だったら、「ありがとうワタルくん、私のために死んでくれて」とでも言えばいいのだろうか。そうじゃない。そういうことじゃない。私は、死ぬにしても生きるにしても、納得したかった。ちゃんと考えて、いろいろな思いをぶつけあってから、結論を出したい。私の正直な思いも伝えたいし、ワタルの正直な気持ちも聞きたい。聞いてしまったら余計に苦しくなるだけなのかもしれないけど、苦しまなかったら嘘じゃないかと思う。自分か相手か、どちらかを犠牲にしてどちらかが生き残るという、「残酷な話」なのだから。

なのに、まだなんの話もしないうちから、ワタルは自分が死ぬと決めてしまった。どうして？と思うと、たまらなく悔しかった。私が言いたいことは完全なる感情論でしかないし、考えたって答えなんか出ないのかもしれない。むしろ、考えれば考えるほどこんがらがって、どんどん答えから遠くなってしまうかもしれない。それでも私は、ワタルと話がしたかった。

「サチが生き返った方がいい」

私が感情を整理できずにいると、ワタルがぼそりとそう言い放った。

「どうして、私なんですか」

ワタルが私から視線を外して立ち上がった。ダイニングスペースからゆっくりと窓際に歩いていく。窓の外には、私の記憶が作り上げた偽物の風景が広がっていた。偽物とはいえ、ガラス窓の内側から見ているだけなら、本物も偽物もそう変わりはない。

「最初、この景色を見た時、ほんとびっくりしちゃってさ」

「この世界に、来た時の話ですか」

「そう。あ、こんな生活ってほんとにあるんだ、って」

「それはでも、別に私が――」

「こんだけいい家で生活できる人って、やっぱ少ないと思うんだよね」

「少ないとか多いとか、そういう問題じゃないですよね」

「サチが死ぬのはもったいない、って思っちゃうんだよ、どうしても。サチが生き返って喜ぶ人の方が、俺が生き返るより、きっと、ずっと多い。幸せになる人が多いなら、その方がいいだろ？」

　ワタルの言葉に悪意なんかこれっぽっちも含まれていない、っていうことはわかる。けれど、私は自分が責められているような気分だった。自分の生きていた時の環境が人より恵まれているんだってことは自覚している。実際、道行く人に「ワタルと私、どっちが幸せだと思いますか？」という質問をしたら、みんな一斉に私を指さすかもしれない。

　でも、満ち足りない感覚、自分の人生が自分の意思と違う方向に動いていく無力感は、ワタルも同じように感じているんじゃないかと思っていた。なんだかわかり合えたような気もしていたのに、そのワタルが、私を切り離すような、突き放すようなことを言うのが悲しかったし、寂しかった。

「そんなの、数の問題じゃ」

「待ってる人、いるだろ？」

「待ってる、人」

「お父さん、お母さんとか」

　自分が死んだと知った時の両親の姿を想像すると、胸がぎゅっと締めつけられて、息ができなくなった。母は泣き叫ぶだろうし、父は呆然とするかもしれない。今までかけてもらった愛情を考えると、我が子を失った時の絶望の深さはどれほどになるのだろう。

「ワタルくんのご両親だって」

「うちは、弟がいるから大丈夫」

「友達とか、恋人とか」

「別に、そういうのもいないよ」

「嘘。モテないわけじゃないって、前に」

「地元を離れる時に彼女と別れてさ。そこから、仕事に集中しなきゃいけなかったから、遊び友達も彼女も作らなかった」

「でも、だからって！」

ほんのわずかだけれど、私の声が部屋全体を震わせた。ワタルはさほど驚いた様子はなかったが、それでも口を閉じて、私を見た。じっとりとして重い空気が、私とワタルの間に積もっていった。「狭間の世界」に来てから、部屋の空気がこんなにおかしくなったのは、初めてのことだった。

「落ち着けよ」

「私もワタルくんも命は平等で、持ってるものとか環境とかで、価値の差なんかつかないですよ！」

「いや」

静かに、それでも明確に、ワタルは私の言葉を否定する。唇を結んで、今までに見たことがないほど強張った表情で首を横に振る。

「俺は、命が平等だとは思わない派」

「そんな、だって」

「命に値段はつけられないのかもしれないけど、価値には間違いなく差がある。死んだら世界中の人が悲しむような人もいるし、死んだってことすら知られない人だっている。平等だとしたら、なんでそんな差が生まれるのさ」

「それは」

「元の世界に戻るための切符は、たった一枚しかない。俺の命じゃ、その切符に釣り合わない。俺はサチに生き返ってほしい。もし、俺の命にも価値があるなら、できたらその価値の分まで、幸せになってほしい」

俺は黒を選ぶ。ワタルは、改めてそう宣言した。

違う、そうじゃない、と言いたいのに、なにが違うのか、どうしてそうじゃないのかは、自分でも説明ができなかった。ただ、私はワタルの言葉に納得がいかなくて、受け入れることができなかった。理屈じゃなくて、心が拒絶する。

どうしろっていうの。

私が自分の考えを整理する前に、ワタルはさっさと封筒に黒のカードを入れてしまいそうな雰囲気だ。そうなったら、私はワタルの命の価値を背負って、元の体に戻らなければならないのだろうか。そんな覚悟はできない。私だって、自分の命にそこまでの価値があるなんて思えない。

どうすればいいんだろう。どうやったら納得できるんだろう。

考えて答えを導き出すより前に、私の手が動いて、カードを摑んだ。

私が手に持ったのは、黒のカードだ。


「サチ？」

「私も、黒にします」

「二人で黒を選んだら、意味ないだろ」

「意味なんかいらない。もういっそのこと、誰か他の人に生き返ってもらうか、魂のバランスを崩して、神様にあたふたしてもらったほうがいい」

私とワタル、二人とも黒のカードを選んだ場合、もし生き返る可能性のある「器」があれば、生き返る権利はその人に移ることになるそうだ。「狭間の世界」にたった独りでいる人なら、相手がどうこうなどと考える必要もないし、赤のカードを選ぶだろう。私たちみたいに、悩んだり揉めたりすることもなく。

「なんでそんな意地を張るんだよ」

「意地じゃないですよ！」

ワタルが、どうして話が通じないんだ、とでも言うように、両手で顔を覆った。私は私で、自分の気持ちが伝わらないことにいらだって、カードを持ちながら言葉を続けることができなくなった。一声でも発したら、それをきっかけに涙が出てきそうだった。

私は、二枚のカードと封筒を摑んで席を立った。唇にぎゅっと力を込めてワタルの横を通り抜け、自分の部屋に飛び込む。自分の部屋のドアが閉まると、イライラが止まらなくなって、思い切り「バカ！」と叫んでいた。

頭の中が沸騰してしまうのではないかと思うほど熱い。思考はまとまらない。自分の気持ちを伝えることもできない。このままじゃ、私はワタルの言う通りにしなければいけなくなる。ワタルが敷いたレールの上をガタゴト走ることになってしまう。

そんな自分が、私はたまらなく嫌だった。

†伊達恒——怠惰(スロース)

　ワタルが右ポケットから鍵を出し、玄関ドアを開ける。「トビー」こと宇治谷跳人(うじやとびと)は後ろから部屋を覗き込み、へえ、と声を漏らした。職場の先輩であるワタルとは年がら年中顔を突き合わせていたが、部屋を訪問したのは初めてのことだ。

　だが、初めて先輩の家に足を踏み入れるのが、別れの日になるとは思っていなかった。ワタルは、クリスマスの日の営業終了をもって「シャローム」を辞めた。跳人の勤務シフトの関係上、ワタルが実家に帰るまでにもう一度会うことはできそうにない。今日で、最後だ。

「悪(わり)ぃね、せっかく休みの日なのに」

「絶対悪いと思ってないっすよね、ワタルさん」

「そんなことないから」

「いや、いいんすけどね。いいんすけど」

　入社当時、地方から上京してきたばかりでなかなか周りと打ち解けることができない跳人に、「トビー」というニックネームをつけたのはワタルだった。読みにくい下の名前で呼ばれることはそれまであまりなかったが、ワタルがしつこくそう呼んでいるうちに定着して、みんなが当たり前のように「トビー」と呼ぶようになった。以来、先輩や同僚からよく話しかけてもらえるようになった気がする。今では、店に欠かせないムードメーカーだと、勝手に自負している。

跳人がアシスタントだった間、トレーナーだったのがワタルだ。シャンプーの仕方から始まって、カットの理論、カラーやパーマの薬剤の扱い方、果ては接客の時の話し方まで、毎日夜遅くまで丁寧に教わった。おかげで一人前のスタイリストになれた、と言いたいところだが、カットについてはワタルの説明が異次元過ぎて話の半分も理解ができず、苦労した思い出がある。

「店は順調？」

「まあ、ワタルさんいなくなってまだ数日なんで、一応回ってますけど」

「そりゃそうか」

「でも、やっぱ売り上げ落ちちゃいそうで、亜門ちゃんが頭抱えてますよ」

ワタルが頭を抱えたオーナーの姿を想像したのか、小さく噴き出した。

「まあ、大丈夫でしょ。そのうち落ち着くだろうし」

「俺たちが頑張って、ワタルさんの穴を埋めないと」

「熱いじゃん」

「そりゃね。燃えてますよ」

「暑苦しい」

「苦しい、は余計っすね」

跳人と歳はいくつも変わらないのに、ワタルの売り上げはいつも店で一番だった。憧れ、と言うとちょっとむず痒(がゆ)いが、目標にしていた先輩ではある。辞めると聞いた時は、まさか、と、体から力が抜けた。

「なんか、シンプルっすね、部屋」

ワタルは大晦日にこの部屋を空けて、そのまま実家に帰るという。今まで使っていた家具は実家に運び込めないので、ほとんど処分することになる。そこで、跳人が知り合いから軽トラを借りてきて、処分の手伝いをすることになった。下手な業者に頼むより安く済むし、売れそうなものはリサイクルショップに運んでいける。

「冷蔵庫と洗濯機、持っていっちゃっていいすか？」

「うん。オッケー」

「まだまだ使えそうですけどねえ」

「そうなんだけど、実家まで持って帰るくらいなら、帰ってから新しいのを買った方が安いくらいでさ」

「あー、遠いっすもんね」

「北の果てだし、年末だし」

「てか、大物、あとベッドくらいですか？」

「そう、かな。キャビネットとテーブルはそんなにおっきくないし」

あれ、と、跳人が部屋を見回す。当然のようにあるものと思っていたものが見当たらない。

「ワタルさん、この部屋、テレビとかパソコンないんすかね」

「ない」

「マジっすか。観(み)ないんすか、テレビとか動画とか」

「観ないね」

「スマホとかっすか」

「いや、一番安いプランだから、それもあんまり」

「じゃあ、ここ数日、なんもねえ部屋でなにしてたんですか？」

それな、と、ワタルが苦笑した。

「シャローム」は給与が毎月二十五日締めで計算されるので、ワタルは二十五日のクリスマスで退職することになった。そこから実家に帰る三十一日までは、わずかばかりではあるが人生の休暇だ。

ほとんど働きづめだった生活から解放された今、ワタルがなにをしているのか気になった。

「ゆっくり荷造りでもするか、って思ってたんだけど」

「はあ」

「モノがあんまりなくて、半日くらいで終わっちゃってさ」

部屋の隅には、中型のスーツケースが一個転がされている。持ち帰るものはその中に全部収まってしまったらしい。

「せっかくだし、どっかで遊び倒してくればよかったじゃないですか」

「なにして？」

「なにって言われると、ぱっと思いつかないんすけどね」

「あんま、金も使えないしさ」

「あー、そっか。しばらく貯金崩しながらの生活ですもんね」

「仕事もないし、用事もないしって思ったら、本気でやることなんにもなくて、びっくりする」

「一日、長く感じてどうしようもなくないすか」

「そう。部屋でだらーっとしてるだけだからさ。なんか悪いことしてる気分になってくるんだよ」

「いや、それはいいんですって。今までめちゃめちゃ働いてきて、たった数日じゃないすか。誰も文句言わないっすよ」

「わかってるんだけど、落ち着かない」

　ワタルが笑いながら、はじめるか、と作業開始を促した。まずは、すでに準備されている不用品の入った段ボール箱を運び出し、ゴミは集積所に、リサイクルショップに持っていくものは外に停めた軽トラの荷台に積む。元々家具も含めてモノが少ない部屋だけに、段ボール箱の量も大したことはない。

「じゃあ、まずゴミから運び出しちゃいますかね」

「あ、俺もじゃあ一緒にやるよ」

「いや、いいっすよ、こんくらい。あとで大物運び出す時に手伝ってもらわないといけないんで、体力温存しといてください」

「でも、それ、重いよ？」

「大丈夫ですって。俺、引っ越し屋のバイトしてましたからね」

　跳人は動こうとするワタルを制しながら、黒ペンで「ゴミ」と書かれている初めの一箱に手をかけた。力を入れて持ち上げようとするが、見た目の大きさと中身の重さがまるで釣り合っていない。段ボール箱はびくともせず、部屋の真ん中にどっしりと座ったままだった。

「がっ、なんじゃこりゃ」

「腰やるなよ？　立ち仕事なんだからさ」

「いやまあ、本気出せば持ち上がりますけど、なに入ってるんすかこれ」

「本」

「本？　本なら、売って金にしちゃった方がいいっすよ」

「ああ、でも、これは売りものにならないと思う」

「売りものにならない？」

不思議に思ってガムテープで閉じられていない上面を開けてみると、ワタルの言う通り、本がぎっしりと詰め込まれていた。二、三冊取り出して、タイトルを見る。全部、美容関係の本だ。

段ボール箱の中には、毛髪理論からカットのテクニック解説書、カラーなどの薬剤に関する資料などなど、初歩のものから専門的なものまで、とにかくありとあらゆる本が詰め込まれていた。驚いたのは、その「汚さ」だ。どの本も曲がっていたり折り目がついたりしている。ぺらぺらとページをめくってみると、付箋がべたべた貼られていて、文章にはラインマーカーで線が引かれていた。この本は売れない、というワタルの言葉を、ようやく理解する。ここまで汚してしまったら、古本屋も買い取ってはくれないだろう。

「もしかしてですけど、これ、全部読んだんすか？」

「まあ、仕事ない日は暇だったから」

「嘘っすよね？」

もちろん、跳人の家にも何冊か美容に関する本はあるが、ワタルの家にある本の数は桁違いだった。営業中は誰よりも多くの客の髪を切り、営業終了後は後輩の練習を手伝い、さらに帰宅してから受験生かというくらいの勉強をする。ワタルが人より早くスタイリストになったのも、そこからあっという間に売り上げトップになったのも、こういう努力があったからこそか、と納得する。

跳人も、決して手を抜いているわけではない。一生懸命やっているつもりだし、努力もしている。オーナーも同僚たちも、そう評価してくれているはずだ。けれど、ワタルが数年間で積み上げたものを目の当たりにすると、自分がとんでもない怠け者であるように感じた。

俺も、同じだけの努力をすれば。

いや、無理だな、と、本をめくりながら跳人は頭の中で首を横に振った。おそらく、仕事以外の自分の時間をすべて犠牲にしなければ、これほどの量の本を、これだけ汚すことはできないだろう。遊ぶ時間も、疲れてぐったりする時間も、テレビや動画を観る時間もなくひたすら勉強し続けるなんて、跳人には考えられないことだった。たとえ、これだけの努力をすれば素晴らしいカットができるようになって、売り上げトップになることが保証されたとしても、同じ生活はできないだろう。そんなことをしたら、たぶん魂が削れて、寿命が縮む。


「あの、ワタルさん」

「なに？」

「この本、もらっていっちゃだめっすかね」

「いや、いいけど、汚くない？」

「汚くないっすよ。努力の証（あかし）じゃないですか」

「そう言われると、ちょっと気持ち悪いな」

「なんでですか」

「いや、なんとなく」

「新人たちに、聖書だって言って読ませますよ」

ワタルから、まずトビーが読めよ、というごもっともな言葉をもらう。もちろんそのつもりだ。気のせいかもしれないが、ワタルが少しだけ嬉しそうな顔をしたように見えた。跳人は油性ペンを借りると、「ゴミ」という字を線で消して、「絶対捨てない」と殴り書きをした。

「あ、トビーさ」

「はい」

「これも持ってけば？」

ワタルが黒い革のケースを持ってきて、床に胡坐(あぐら)をかいた。跳人も、なんだそれは、と向かい側に座る。ケースを開くと、見覚えのあるシザーが六丁、きれいに保管されていた。

「これ、ワタルさんが使ってたやつ」

「そうそう。もう使わないからさ」

美容師の使うシザーは、一般のハサミとは比較にならないほど高価だ。一丁数万円というのはざらで、高いものだと十万円、二十万円を超えるものもある。アシスタントだったり若手だったりするうちは、数万円の廉価品にしか手が出ない。ワタルのシザーは、いずれ跳人が使いたいと思っているメーカーの高級品だった。

「こんな高いの、さすがにもらえないですって」

「でも、使わないのに持っててもしょうがないだろ」

「いやいやいや、いくらなんでも」

「売っちゃおうかとも思ったんだけど、これ、もらいものでさ」

「マジすか、こんないいシザーくれる人います?」

「いたんだよ。スタイリスト辞めたし、使わないからって」

アモさんなんだけど、と、ワタルが笑った。

跳人はケースからカット用のシザーを取り上げて、少し動かしてみた。シザーは自分のクセや手の形に合ったものを選ぶ必要があるが、ワタルからカットの基礎を教わったからか、すっと手に馴染んだ。オーナーから引き継いだにしては、まだまだ真新しい気がする。もしかしたら、オーナーは新品を渡したのかもしれない。

「これは、受け取れないっすよ」

「あれ、気に入らない?」

「いや、だって、また使うかもしれないじゃないすか、ワタルさんが」

「もう使わないって」

「使う時が、来るかもしれないじゃないすか」

少し、言葉に力がこもった。

ワタルがシザーを手放すのを見るのは、なんだか嫌だった。仕事をしている時のワタルは、誰よりも楽しそうだったからだ。シザーを手放したら、ワタルの笑顔が二度と見られなくなるような気がした。

「もう少し頑張って、自力で買いますよ、同じやつ」

「まあ、その方がいいか」

「ワタルさん」

「ん？」

「俺が言うことでもないんすけど、人生、どうなるかわかんないすよ」

跳人はシザーを戻すと、丁寧にケースを閉じ、ワタルに持たせた。最初は力なく受け取ったワタルの手だったが、だんだん力がこもり、最後にはぎゅっと握った。

「そうかもな」

「今は、長期休みなだけっすよ。きっとまた使うことになりますって。シザーほったらかして、怠けてたらダメっすよ」

怠けグセがあるんだよなあ、と答えるワタルに、跳人は「嘘っすよね」と笑い返した。

狭間の世界（10）

小さなベッドに寝転がりながら、俺は天井を見上げる。食後の時間はサチと話をしたり、ピアノや絵を教わったりして時間を潰していたのだが、カードの選択で言い争いをした結果、お互い自分の空間に引っ込むことになってしまった。

無限の時間が与えられたこの世界では、ほとんどの時間をなにもせずに過ごさなければならなかった。ベッドに寝転んだり、代わり映えのしない景色を眺めたまま、じっと時間を浪費する。なにもしないことに堪えられなくなって外に出ても、用意されている世界はひどく狭い。歩き回ってもなにも起こらず、なにかが変わることもない。

サチと過ごす食事の時間だけが、唯一、人間らしく自然に過ごせる時間だ。けれど結局、それが俺たちを苦しめていた。人間であることを放棄してしまえば、俺はなにもしなくてもよくなる。考えることも、息をすることもやめて肉体から解き放たれ、純粋な魂に近づく。そして完全なる死に向かう。

他人が存在する世界では、人間は人間のままでいなければならない。じっと無限の時間に身を任せることに堪えられず、食べたり、しゃべったりしてしまう。他人の存在を求めてしまう。そしてまた、人間であるがゆえに、なにもない時間の中で苦しむことになる。

サカキからカードの話を聞いた時、正直に言うと、俺は少しほっとしていた。「狭間の世界」の中で人間性を保ったままでいることに、限界を感じていたからだ。もう、こんな世界は終わりにしなければならないと思っていた。明日も、明後日も同じ毎日が永遠に続く。そんなことに堪えられる人間はいない。この世界では、なにをしても、なんにもならないのだ。

サチは、一体なにを考えているだろう。天井を見上げながら、真っ赤になって怒るサチの顔を思い出した。納得がいくまで、話をしたい。サチの言い分もわからないわけではない。でも、自分の考えが間違っているとは思えなかったし、結論が変わるとも思えなかった。話し合いをしても、平行線のまま時間が過ぎるだけだ。まるで、はるか遠くまで続く鉄道のレールのように。

「そういえば、遅いな」

サチが「洗面所を使う」と言って俺の部屋を通り抜けたのは、少し前のことだ。正確な時間がわからない分、サチの戻りが遅いか早いかは俺の感覚が決めることになってしまうが、いつもよりずっと遅い気がした。

俺はベッドから起き上がり、クローゼットの向こうの廊下に出た。廊下の左側にトイレのドア、そして洗面所と浴室に続くドアが並ぶ。俺は洗面所の前に立って、ドアの向こうの音に耳をそばだてた。水の音は聞こえてこない。少し戸惑いながら、洗面所のドアを開けた。

「サチ」

俺の声が、虚しく響く。洗面所はしんとしていて、サチの姿はなかった。バスルームの磨りガラスの向こう側にも人影はない。確かめるように開け放つが、やはり誰もいない空間があるだけだ。嫌な感じがして、心臓が波打つ。廊下に出て、トイレのドアをノックした。中から返事はない。

廊下に出たサチが自分の部屋に戻るには、必ず俺の部屋を通らなければならない。俺がいくらぼんやりしていたとしても、さすがにサチが通れば気づかないわけがない。

だとすると、サチの行き先は一つしかない。

外だ。

なんのために外へ？　と考えながら、俺は自分の部屋を突っ切って、サチの家に入った。サチの部屋のドアをノックするが、返事はやはりない。ドアレバーを掴む。鍵はかかっていない。力を入れるまでもなく、ドアがゆっくりと開いた。

サチの部屋は、きちんと整頓されていた。ベッドはきれいに整えられていて、カーテンは隙間が空かないようにしっかりと引かれている。散らかっているものもなく、すべてのものが整然と並んでいる。さっきまでサチがいたはずなのに、サチの温度が残っていない。サチという存在そのものが、きれいさっぱり消えてなくなってしまっているかのようだった。

ふと、机の上に目が行った。封筒が一枚、ぽつんと置いてある。例のカードを入れるための封筒だ。部屋に残された唯一の「サチの意志」を、俺は手に取った。中には、カードが一枚収められている。まだ、封はされていなかった。


薄暗い部屋の中でもわかる。黒のカードだ。

どういう意味かを考える前に、俺は走り出していた。上着を羽織り、靴のかかとが潰れるのも構わず、乱暴に履いた。

玄関ドアを開けて勢いよく外に飛び出した俺の顔に、ぶん、という音に乗ってなにかが飛んできた。刺すような痛みに、俺は思わず足を止めてしまった。

「雪？」

陽が落ちて真っ暗になった世界を、雪が覆っている。点々と光る街灯が、雪に埋もれた道を照らし出していた。空からは絶え間なく雪が舞い降りてくる。時折、乱暴な横風が吹き抜けて、空気を激しくかき回していく。

急いでサチを探さないといけないのに、雪は思った以上に深々と積もっていた。歩きにくいし、寒い。以前、サチにした雪国の話を思い出した。目の前に広がるのは、まさに俺が話した、少し大げさな雪国の光景そのものだ。

「くそ！」

雪を蹴り飛ばしながら、半ば転がるように街灯の下まで走り寄った。呼吸音と一緒に、白い息が踊る。サチはどこに行ったのだろう。雪が、風が、俺に向かって「来るな」と吼えているようだった。この吹雪は、サチが望み、生み出したものなのだろうか。

「サチ」

俺は、道路に点々と続く足跡があることに気がついた。アパートの敷地内から外に出て、真っすぐ道の向こうへと続いている。横を踏んでみると、俺の足跡よりも一回り小さい。俺とサチの二人しか存在しない世界に残っている、俺のものではない足跡。慣れない雪の中を、頼りない足取りで歩いていくサチの後ろ姿がうっすらと目に浮かんで、消えた。

足跡の窪みの中には、少しだけ新しい雪が積もっていた。それほど時間は経っていないということだ。迷わず、足跡を追って走る。サチの足跡は、規則正しく等間隔に並んでいる。立ち止まったり、行き先を迷っていたりしているような痕跡はなかった。きっと、明確に目的地を決めているのだろう。一体どこに、と考えながら、俺は足跡を追って走った。

寒さのせいか、熱くなっていた頭が少しだけ冷えた。言葉にできない不安感に突き動かされて部屋を飛び出してはみたものの、いざサチに追いついた時、俺はどう言葉をかければいいのだろうか。部屋に残っていた黒いカードは、きっとサチの意志表示だ。なにも言わずに出ていったこともそうだ。俺に、サチを連れ戻す権利があるのだろうか。

ある日突然俺は死んで、誰かの手違いでサチと同じ世界に存在することになっただけ。

サチにとって、俺は他人でしかないのだ。

それでも俺は、雪に足を取られながらもサチの残した小さな足跡を追い続けている。急げ、急げ、と自分の足を急き立てる。細かいことは後だ。とりあえず今は、サチに追いつくことだけを考えることにした。

都会育ちのサチが、この横殴りの吹雪の中をどんな思いで歩いていったのだろう。この世界がすべて幻であっても、風の冷たさも、冷え切った手足の痛みも、生きている時と同じように感じる。雪に慣れている俺でさえ、歩いているだけで心が折れそうになるくらいだ。

真っすぐに続いていた足跡が、目の前で途切れた。雪に埋もれて境界線のわからなくなった道の先、急に雪がまったくない空間が広がっている。ぼんやりとした白い光が、こっちに進め、と言うようにずっと先まで続いていた。

駅前商店街のアーケード。

俺は、足にまとわりつく雪もそのままに、アーケード内を駆け抜けた。吐き出す息が白く濁って、後ろに消えていく。冷たい空気が胸の中に流れ込んできて、容赦なく肺を刺した。
なだらかなカーブを描くアーケード内の道。見覚えのある店と、見覚えのない建物が両脇にごちゃごちゃと並ぶ。俺とサチの記憶が作り上げた空間。数百メートルの幻。その終わりには。

――駅と、踏切と、線路。

踏切の遮断機は空を指したまま止まっていて、警報機は音を発することもなく佇んでいる。駅の向こう、はるか遠くを見渡しても、電車が来ている様子はない。俺は、迷うことなく線路の上に立った。積もった雪の上に、再び小さな足跡が続いているのが見えた。駅とは逆方向に向かって、雪の間からかすかに頭だけが見えるレールの間に、点々と。

サチ。

冷たい空気を吸い込み続けた肺が痛い。鼻や頬が、冷気に当たってじんじんする。名前を呼ぼうとしても、息が上がっていて声が出ない。拳を握って、胸の辺りをどんと叩いた。たった二文字でいい。その後しばらく声が出なくなってもいいから、とにかくそれだけ、叫ばせろ。
「サチ！」
線路沿いの街の明かりに照らされて、人影が見えた。風景に溶け込んでしまいそうな、白いコート。スカートから伸びる足が寒々しい。首元には、乱暴に巻いただけのマフラー。靴は、歩きにくそうな革のブーツ。俺の部屋を通ったサチは、部屋着のままだった。外に出る前に服を出現させたのだろうが、雪の中を歩くための靴など見たことがなかったのだろう。知らないもの、イメージできないものは、求めても形にならない。

　俺の声が届いたのか、サチの後ろ姿がぴたりと止まった。長い黒髪が強風に煽（あお）られて、生き物のように揺れている。もう一度、肺の中の空気を振り絞って呼びかけると、ゆっくりと体が回った。振り返ったサチは、驚いた様子もなく、悲しそうな顔をするわけでもなく、ただ黙って立っていた。頬が赤くなっていて、口からかすかに白い息が漏れている。

　サチに向かって、一歩二歩と歩み寄る。サチの足が、するりと動いて、俺が近づいた分だけ後ろに下がる。俺が、距離を詰めようとまた足を出す。サチが下がる。三メートルほどの距離は、一向に縮まらない。

「なにやってんだよ、寒いだろ」

　ありったけの声を出したつもりだったのに、風のせいで声がかすむ。それでも、サチのところまでは届いているはずだ。

　返事は、ない。

「一旦、部屋に戻ろう」

　サチは首を横に振り、くるりと背を向けて、線路の先へと歩いていく。まるで、俺から逃げようとするように。

　線路が続く先には、夜の闇にすら染まらない「黒」がそびえていた。サチを追いかけるものの、雪と風に邪魔されて思ったように進めない。サチが、「黒」に近づく。バカなことをするな！　と叫んでも、サチは止まらなかった。

「来ないで！」

サチは「黒」の手前わずか数メートルのところで、雪に足を取られたのか、前のめりに転んだ。その隙に俺が追いつこうとすると、サチの鋭い声が響いて、俺の足を止めた。コートについた雪を両手で払い落としながら、サチはよろよろと立ち上がる。いつものふわふわとした雰囲気はなく、表情は硬い。

「電車が、来るんじゃないかって、思ってたんですけど」

唐突に、サチが口を開いた。

「電車？」

「あそこの駅に停まって、この中に消えていくやつ」

風を切り裂いて、サチの声が聞こえてくる。寒さで震える体を必死に押さえつけながら、サチは俺に向かって言葉を投げてきた。

「少し待ってみても、来なかったんですよね」

「電車が、来てたら？」

「乗ろうと思ってましたよ」

「乗ったら、どうなるかわかってるのかよ。その中に呑み込まれて――」

「死ぬ」

完全に。

か細いのに、この風の中でも通るサチの声が、俺の言葉を叩き落とした。

「じゃあ、なんで」

「だめなんですよ、ワタルくんは」

「だめ？」

「私がいたら、ワタルくんは生きるとか死ぬとか、まともに考えない」

「俺だって、一応考えてる」

「考えてないですよ」

横から音を立てて風が吹きつける。サチの髪の毛がうねうねと舞ったが、サチは俺を見据えたまま、微動だにしなかった。

「生き返るのは一人、って聞いた瞬間から、ワタルくんは、俺はいいや、ってなってますよね」

「それは」

「どうして？」

どうして、と言われて、俺は言葉を失った。なにが「どうして」なのかすらわからない。だって、そんなの、当たり前のことじゃないか。

けれど、その「当たり前」の理由を聞かれたら、俺は答えられないということに、言われてはじめて気づいた。

「どうして、って」

「どうして、そんなに簡単に人にあげちゃうんですか」

「人に、あげる？」

「私から見たら、自分の命をちぎって、ほい、って簡単に人に渡してるみたいに見えるんですよ。ぱっと見、いいことに見えるけど、ワタルくん自身はどんどん小さくなっていくだけ」

「そんなつもりはないって」

「頭がパンでできてるヒーローじゃないんですよ。ヒーローが自分の頭をちぎってあげられるのは、やり直しとか取り返しが利くからで。でも、ワタルくんはそうじゃない。頭はパンじゃないし、命は一つしかない」

「わかってる」

「わかってない。だから死んだんですよ、ワタルくんは」

だから、俺は死んだ。サチの言う意味がわからずに、俺は混乱した。

「どういうこと？」

「私、ずっと思ってたんですよね。ワタルくんみたいな人が、なんで死んじゃったのかなって。私だったら、なんかどんくさいことしたんだろうって自分で納得しちゃうんですけど、ワタルくんはすごい冷静だし、ちょっとやそっとのことがあっても生き延びる力みたいなのがありそうだった」

「買いかぶりすぎ」

「なのに、私と一緒に死んじゃったのは、きっと自分をちぎっちゃったからですよ。人に与えようとして、結局、死ななきゃならないくらい、自分が小さくなっちゃった」

「勝手な想像でしかない」

「でも、そんなのただの逃げなんですよね」

「逃げ？」

「本当は、ワタルくんだって、生き返りたいはずでしょ？」

「そりゃ、俺だって戻れるんなら戻る。でも、戻れるのは一人なんだから、しょうがないだろ」

「言ったじゃないですか、サカキさんに」

「サカキに？」

「俺は、やり残したことがあるんだって」


——まだやり残してることだってあるし、当然、赤でしょ、こんなの。


「それは」

「この世界に来てから、ワタルくんはずっと考えてたはず。どうやったら戻れるんだろうって。最初に会った時から、ずっと生きるためにどうするか、って考えてたんですよ。ごはん食べたり、危険も顧みずに外に出て、世界がどうなってるのか確かめたり」

「いや、だから、それは」

「なのに、俺も生き返りたいんだ、戻りたいんだってちゃんと言うことから逃げてる。なんでって、私を死なせることになるから。自分の命がどれだけ大事なものなのかってことから目を背けて、罪悪感から逃げて、その罪悪感を私に丸投げしてるだけなんですよ」

　俺は反射的に言い返そうと言葉を探したが、上手い言葉が見つからなかった。その間に、じわじわとサチの言葉が俺の頭の中に染み込んでくる。

「私が黒のカードを選んだって、ワタルくんは赤のカードを選ばない。私がこの世界からいなくなってから初めて、赤か黒かって真剣に考えるんだと思うんですよ。だったら、私はカードを選ぶ前にこの世界からいなくなった方がいい」

サチの体は、「黒」に今にも触れそうな場所にある。「黒」に触れたらどうなるかはサカキからも聞いていないが、本能が、触れてはだめだ、と警告してくる。

「サチだって、同じじゃないか！」

「同じ？」

「俺のせいにして、この世界から消えるなんて言って、罪悪感から逃げようとしてるだけだろ！　同じだろ！」

サチの足が、また一歩下がって、「黒」に近づく。俺が、いくら全力で駆け寄ったとしても、このままサチが下がれば、「黒」に触れる前に捕まえることはできそうになかった。

「サチだって、死にたくないんだろ！　戻りたいだろ！　戻って、レールの上から外れて、もっと自分の好きなように生きたいんだろ！」

サチの顔が、ぎゅっと強張った。唇が震えている。肩から手の先にまで力が入っていて、拳を強く握りしめている。

「俺にさんざん文句言っといて、一人でカッコつけんなよ！　ズルいだろ！　卑怯だろ！」

「わかんない！」

雪がありとあらゆる音を吸い込もうとするのに、サチの声だけがはっきりと聞こえた。わかんない。まるで、むくれた子供だ。理屈もなにもあったものじゃなかった。

「わかんないって、なんだよ」

「わかんないから、わかんない！」

「そんなの、ありかって」

「私だって、そりゃ、生き返りたいよ！　まだ死ぬ歳じゃないし、やってないこといっぱいあるし、悲しませたくない人だっていっぱいいるし！」

「だったら、やめろよ！　こんなことすんの！」

「でも、自分が生き返りたいっていうのと同じくらい――」


――ワタルくんに、死んでほしくないんだってば！


胸の辺りが、ぎゅう、と音を立てて縮こまって、息ができなくなった。あと少し下がったら、サチが「黒」に触れてしまう。なんとかして止めなきゃ、言葉を返さなきゃ、と思っているのに、頭が雪景色のように真っ白になって、なにも考えられなくなった。

「どうして、って聞かないで。私だってわかんない」

どうして、という言葉よりも先に、俺の中に浮かんできたのは、そっか、という言葉だった。そっか。そういうことか。


俺が、サチを追いかけたのは。

サチを連れ戻したかったのは。

「ごめん」

生き返ったときにどっちが幸せか、なんてことは関係ないことだった。話し合ったたって答えなんか出ないと決めつけるのは、逃げだった。しょうがない。そう言うたびに、俺はきっと、サチを傷つけていた。

サチがいなくなった部屋で感じた、言葉にできない不安。雪の中、俺の足を動かした気持ち。俺はサチの言う通り、逃げようとしていたのかもしれない。相手の命を、背負うことから。

「俺も、サチに死んでほしくないんだってば」

見開いたサチの目が潤んで、ふるふると揺れた。唇はぎゅっと閉じられたまま、かすかに震えている。力の入った肩が上下に動く。

俺に向かってなにか言おうとしたのか、サチの唇がわずかに開いた。その瞬間、うっ、という声が漏れて、サチの目から急に涙がこぼれた。サチは両手で顔を覆うと、崩れ落ちるようにしゃがみこんだ。薄い手袋で覆われた手の隙間から、激しくしゃくりあげる音が漏れていた。


思えば、サチが泣くのを見るのは、初めてだった。


自分が生き返りたい、死ぬのが怖い、という気持ちはどうしようもなくあって、でも、相手を死なせたくない、生きてほしい、という気持ちも同じようにある。まだ会って日も浅い相手だけれど、その思いは、強く、自分の心を締めつける。

消化できなくなった気持ちが胸の中につっかえて、どうやっても外に出ていかない。言葉に変えて吐き出すこともできないし、呑み込んで掻き消してしまうこともできない。自分の中で消化不良を起こした気持ちがどんどん膨らんでいって、苦しくて、どうしようもなくなる。

サチが泣くのはきっと、途方に暮れて、どうしていいかわからなくなったからだろう。たとえ部屋に戻っても、同じ苦悩がまた続く。自問自答しても、話し合っても、答えなんか出っこない。そして時間がくれば、俺かサチ、どちらが死ぬかを決めなければならない。

この世界には、こうすればいいよとレールを敷いてくれる人なんか誰もいない。俺もサチも、最初から正解なんかない問題の答えを、自分たちで出さなければならなかった。

「戻ろう」

しゃがんだサチに一歩近づく。一歩、また一歩、と近づくにつれて、サチの背後を埋め尽くす「黒」が存在感を増してくる。まるで、高所に渡された狭い板の上を、命綱なしで歩いているようだ。平地だったらなんでもないはずなのに、命が懸かると足がすくむ。それはきっと、俺が死にたくないと思っているからだろう。そんな俺の心を見透かしているかのように、「黒」は見えない引力で俺を死に引き込もうとする。でも、決して無理に引っ張りこもうとはしない。俺は、なぜか自分から「黒」に寄っていきそうになるのだ。肉体は生きようと思っているのに、魂は源に帰ろうとする。俺は今まで、そんな矛盾を背負って生きていたのかもしれない。

俺の気配が近づいてくるのを察知したのか、サチがゆっくりと立ち上がった。俺は足を止め、様子をうかがう。下手に動けば、サチは垂直に立った奈落の底に落ちてしまう。ここは、生と死の狭間の中でも、一番死に近い場所だ。俺と同じように、サチもまた、死の引力を感じているだろう。

「サチ、動かないで」

あと、一メートル。俺は、サチに向かって手を伸ばした。サチは少し戸惑っていたが、決心したように、ゆっくりと自分の手を俺に向けた。指先が触れる。俺がもう一歩前に進もうとすると、背後から突風が吹いてきて、積もっていた雪を舞い上げた。サチが小さな悲鳴を上げながら、一歩下がる。俺は風に抗(あらが)って、ようやくサチの手を摑んだ。そのまま手を引こうとするが、サチは足を前に出そうとしない。

「サチ？」

まだ心の整理がついていないのだろうか、と思ったが、サチが俺の手を握る力は、どんどん強くなっていく。不思議に思って顔を見ると、サチは真っ赤になった目を見開き、俺をじっと見つめていた。わずかに開いた口から、はっ、はっ、と短い息遣いが聞こえてくる。俺がもう一度手を引くと、サチは一歩前に足を進めたが、すぐにまたひっこめた。

「ワタルくん」

「一旦、部屋に戻って、少し落ち着こう。俺も、もう一回よく考えるよ」

「ありがとう」

「ありがとう、って」

サチの手から、すっと力が抜けた。サチは、大丈夫、と、小さな声でつぶやき、かすかに笑った。一つ、また一つ、涙がサチの頰を伝って、音もなく雪の上に落ちた。

「サチ？」

「私、やっぱり、どんくさい」

まさか、と、俺はサチの正面からずれて、サチの背後を見た。すぐ目の前にある「黒」までは、わずかばかりではあるが、まだ数十センチの距離がある。サチの体は、「黒」には触れていない。

だが。

髪が。

垂らすと胸の下まで伸びているサチの長い髪が、「黒」に向かってぴんと張っている。風に煽られて髪の毛が舞い上がった時に、「黒」に触れてしまったのかもしれない。ほんの少し、毛先が「黒」に呑まれていた。

「どう、なってますか？　私の、髪の毛」

「大丈夫。なんとかする」

「でも、全然動けなくて。ものすごい力で摑まれちゃってる感じが」

俺は正面からサチの背中に手を回して、髪の毛を「黒」から引っ張り出そうとした。けれど、すぐにサチの言葉の意味を思い知らされることになった。「黒」に触れた髪の毛は、猛烈な力で固定されていて、ぴくりとも動かない。引き抜くどころか、乱れて広がった髪の毛を束ねることすらできなかった。くっつくとか、摑まれる、というレベルではない。

サチの頭が、少し後ろに傾く。あっ、という小さな声が漏れた。

「引っ張られてるのか」

「なんか、じわじわと」

もう一度、「黒」から髪の毛を引き抜こうとするが、絶望的なほど動く気配を感じない。何本かの毛は手で引きちぎることができたが、風で踊ったせいか、大半の髪の毛が絡み合ったまま「黒」に固定されて、縄のようになってしまっている。束になった髪の毛の強さは、美容師である俺が一番よく知っている。

「ワタルくん」

「後ろに倒れたらヤバいから、足は踏ん張って」

「ワタルくん、離れて」

「マフラー、外して。これが引っ張られたら息ができなくなる」

「もう、大丈夫です」

「なんとかなる。なんとかする」

また、サチの頭が少し反る。「黒」は、ゆっくりと、それでも確実にサチを取り込もうとしている。髪の毛がこれ以上引き込まれないようにと俺も髪を引っ張るが、無駄だった。現実世界の物理的な力とはわけが違う。要するに、神様に綱引きを挑むようなものだ。勝てるわけがない。

「ワタルくん、行って！」

また少し、「黒」がサチを引き込む。サチがバランスを崩しそうになって、足を半歩、後ろに引いた。

「踏ん張れ！　足が摑まれたらヤバい！」

「私、きっとこうなる運命だったと思うんですよ」

「勝手に運命とか言うなって！」

「生きてた時、私、一回家のバルコニーに出たことがあるんですよね」

「なにを、言ってる？」

「毎日、同じような日が来て、毎日同じようなこととして、それって私、生きてる意味あるのかなって思っちゃって。明日もまた同じ世界にいるなら、いっそのこと、もう死んじゃってもいいんじゃないかって」

「後で聞く、その話！」

「バルコニーから下を覗き込んで、死んだら楽かな、だったら死にたい、って思っちゃって。人よりずっと恵まれてて、たくさん与えてもらってるのに、バカみたい」

「いいから、踏ん張ってろって！」

「だから、罰が当たったんだと思います。天罰。神様はよく見てる」

サチは、観念したように目を閉じると、何度か大きく深呼吸をした。手は、かたかたと震えている。きっと、寒さのせいじゃない。俺は、両手で勢いよくサチの頰を挟んだ。ぱちん、と音がして、サチが目を開けた。

「絶対なんとかするから、目を開けてろ」

「無理ですよ。ワタルくんも巻き添えになる」

どうしていいかはわからなかった。俺は絶望に呑まれそうになるのをごまかすように、こつん、と、自分の額をサチの額にぶつけた。すぐ目の前に、サチの顔がある。迫りくる死に、怯えている。

「大丈夫」

「ワタル、くん」

サチの肩に手を置いて少し体重を乗せてから、一歩引く。「黒」に捕らわれているのは、まだ髪の毛だけだ。なにかで切ってしまえばいいのだが、ポケットを探っても、使えそうなものは出てこない。周りを見回しても、雪に埋もれた風景が広がっているだけで、使えそうな道具は何一つなかった。

なにか、切るもの。

切るもの。

一歩下がって見たところで、手の打ちようがなかった。むしろ、状況の絶望感を客観視してしまっただけだった。サチの髪の毛はおそらく毛先数センチほどがすでに「黒」の中に消えていて、こうしている間にも、一ミリ、二ミリと引き込まれているようだ。黒髪が「黒」の色と同化して、まるで巨大な生き物に頭を鷲摑（わしづか）みにされているように見えた。

髪の毛を切ろうにも、こんなところに都合よく刃物なんか落ちているわけがない。サチが言ったように、もし俺が殺し屋だったとしたら、ナイフの一本でも携帯していたのかもしれないのに。

俺はこのまま、目の前で「黒」に呑み込まれていくサチの姿を見ているしかないのだろうか。大丈夫、と言ったのに、絶対なんとかすると言ったのに、なにもできない。どうしようもない。

絶望に満ちていくサチの顔を見るのが恐ろしくなって、俺は思わず目を伏せた。そのまま、視線が雪の上で止まる。薄明かりに照らされた雪の中に、黒いものが見えた。右手を伸ばし、黒い物体に触れる。表面の雪を払い、夢中で掘り出した。

求めよ、さらば与えられん。

雪の中から摑みあげたのは、俺のシザーケースだった。

かじかむ手で、ケースを広げる。中には、カットシザーが四丁、セニングが二丁収められている。一番長いカットシザーを引き抜き、右手で持つ。使い慣れたシザーは、まるで最初から指の一部であったかのように、しっくりと馴染んだ。

俺はシザー一丁を手に正面からサチの体を抱え込むと、ぴんとテンションがかかった髪の毛の真ん中に、シザーを差し込んだ。

刃が擦(す)れ合(あ)う音がして、三分の一ほどの髪を切断する。サチの体が、わずかながら「黒」から解放される。俺の体に、サチの体の重みがかかるのがわかった。

もう一度シザーを開くと、また強い風が吹いて、俺の動きを妨げようとした。金属のシザーは冷え切っていて、すでに半分感覚のない俺の手を、さらにしびれさせる。手がかじかんで、上手くサチの髪を捉えられない。一歩間違って、俺の手が「黒」に触れたら、そこで二人とも終わりだ。

腹に力を込めて、もう一度シザーを動かす。焦っているせいで、少しずつしか切れない。もう少し。あと、もう少し。

「大丈夫!」

歯を食いしばりながら最後の毛束をカットすると、サチの全体重が俺にかかってきた。シザーを放り捨て、サチの体を受け止める。サチを抱えたまま後ろ走りになって、夢中で「黒」から遠ざかる。二人で折り重なるように倒れても、雪を蹴るように両足を動かした。

なんとか、「黒」から数メートルの距離を取った。死の引力は感じない。ようやく「黒」から逃れたのだとわかると、全身から力が抜けた。

大の字になって雪に埋もれる俺の胸の上に、サチの頭が乗っていた。両手は俺のジャケットを摑んでぶるぶると震えている。俺が腕を回してぎゅっと抱え込むと、サチはびくりと肩を震わせた。背中を二度、確かめるように叩く。

「生きてる」

サチの心臓の音が、俺の体にも伝わって来ていた。何度も何度も、私は生きている、と叫んでいるように思えた。これでも、俺たちが実体のない幻だと言うのだろうか。嘘だ、と、俺は心の中で叫んだ。

俺の背中から、雪の冷たさがじわじわと体に染み込んでくる。けれど、サチの体から流れ込んでくる熱が、寒さを忘れさせた。二人とも体は冷え切ってしまっている。それでも、体の奥底にはまだ熱が残っている。

生きてるよ。

俺はもう一度そうつぶやいて、サチの体を抱える腕に力を込めた。サチの泣き声が俺の胸に響いて、びりびりと体を震わせた。

✝久遠幸——怠惰（スロース）

「ご希望の出発日のプランがあるか、お探ししてみますね」

手元の端末を使って、眞瀬沙羅（まなせさら）はパッケージプランの空きがあるか検索をかける。だが、沙羅の会社で出している商品は、すでにほぼ完売だった。無理もない。客は大晦日の出発を希望しているが、今日は出発三日前だ。

沙羅が勤務するエキナカにある旅行代理店は、ここのところようやく業務が落ち着いて来ていた。お正月休みが終わってから三月の卒業旅行シーズンまでは閑散期で、年末は窓口に訪れる客の数も減る。繁忙期の激務を乗り越えてしまうと、どうにも気が抜けてしまってよくない。

今日の客は、二十代の女性だった。歳は沙羅と同じか、少し下くらいだろうか。薬指が空いているところを見ると、独身だろう。長い黒髪が印象的だが、クールな感じではない。どちらかと言えばほんわかとした雰囲気で、あまり苦労を知らなそうな顔つきだ。自分とは育ち方が違うのだろうな、と、沙羅は本能的に違いを嗅（か）ぎ取（と）った。

営業時間終了十五分前に来店したその客は、柔らかい表情とは裏腹に、なかなか無茶なことを言ってきた。

——大晦日の出発で、オススメのところないでしょうか。

急遽休暇が決まって駆け込んでくる客はいるが、それにしても、目的地か目的くらいは決まっていることがほとんどだ。せめて、ホームページなりパンフレットなりを見て、ある程度あたりをつけてから来てくれれば案内のしようもあるが、ここまでの丸投げもなかなか珍しい。

「行き先、どこかご希望の場所はありますか?」

「行き、先」

「海外ですとか、国内ですとか」

「あ、ああ、ええと、あんまりお休みも長くないので、国内、ですかね」

「リゾートがよろしいですか? この季節ですと温泉地も人気ですが」

「ええ、と、そう、ですね」

客の女性は、なぜかしどろもどろになりながら、そわそわと落ち着かない様子で目を泳がせた。顔が真っ赤になっている。腹の中で、なんなんだこいつは、と思いながら、沙羅は気づかれないようにため息をついた。

「すみません」

突然、客に頭を下げられて、沙羅はどきりとした。腹の中で思っていたことが顔に出てしまったのだろうか。

「は、はあ」

「実は、なにも考えてきてなくって。その、仕事帰りにここの前を通りかかったら、急に旅行に行ってみようって、思いついて」

「そうなんですか」

客がもう一度、すみません、と頭を下げるので、体が反射的に動いて、いやいや、と手を振った。

「あの、差し支えなければですけれど、どうしてご旅行を？」

危うく客が席を立ちそうになったので、沙羅は引き留めようと急いで話題を振った。プライベートに立ち入った質問をするのはよくないとは思うが、この際、仕方がない。

「恥ずかしい話なんですけど、私、独りで旅行に行ったことがなくて」

「一人旅の経験がないお客様も、わりと多いと思いますけど」

「あ、その、自分で計画したり、準備したりして行ったことないなって。いつも、人にくっついてばかりで」

ああなるほど、と、沙羅はうなずいた。

「それで、お正月休みにおひとりで旅行を？」

「そうなんです。今年は両親とも別で過ごすことになって。家に一人でいると、だらだら過ごしてお休みが終わっちゃいそうで」

「お正月はだらだらしがちですもんね」

「友達に、一人旅でも行ってみたら？　って言われたので、突然なんですけど、そうしてみようかなって」

「いいと思いますよ。たまには一人旅も」

「やっぱり、旅行会社の方って、みなさんあちこち行かれるんですか？」

「そうですね。旅行好きの人間は多いと思います」

「眞瀬さんもですか？」

突然、苗字(みょうじ)で呼ばれて驚く。胸にネームプレートがついているのでそういうこともあるが、今日は少し油断していた。

「そうですね。結構、いろんなところに行きました」

いろんなところ、か。

まだ学生だった頃、一人で電車に揺られていた時のことを思い出す。家庭内でのもめごとから逃れたくなって、沙羅はある日、着の身着のまま、一人で家を飛び出した。家出は一か月にもおよび、その間には思い出したくないこともあった。結局、疲れ切って帰ることを決め、家に向かう電車に乗った。財布には、数百円の小銭しか入っていなかった。

職場に旅行好きが多いのは本当だが、沙羅自身は家出のトラウマがあって、外に出よう、遠出しよう、という気があまり起きない。お正月は、自宅で自堕落に過ごすのが一番の幸福だ。そう思いながら人に旅行を勧めるのはいかがなものか、とは思うが。

「じゃああの、星がきれいに見えるところ、ご存じないですか」

「星ですか？」

「星空です。なんかこう、満天の星、みたいな」

「冬は、寒いところの方がきれいだと思いますけど」

「そうなんですか？」

「寒いと空気中の水分が少なくなるので、空が澄んで星がきれいに見えるそうで」

咄嗟に「どこ」と答えられないことをごまかすように、昔、人から聞いた知識を披露する。客は、素直に「そうなんですね」とうなずいた。

「寒いところでよろしければ、一件、おすすめのお宿が」

「寒い、って、どのくらいですかね」

「今の時期ですと、大体マイナス十度以下にはなると思いますが」

客は目を丸くして、想像もつかない、と頬を引きつらせた。

「ちなみに、なんていう場所ですかね」

「天ノ川町、という町の——」

天ノ川町。近年、星空がきれいに見えるということをウリにして、観光客の誘致をしている町だ。大手のリゾート運営会社が自治体とタッグを組んでいて、少しずつ認知度が上がってきている。沙羅自身は行ったことがないところだが、前に、友人から話を聞いたことがあった。なにもない町で、星がきれいなのも明かりがないからだ、と皮肉ってはいたが。

「あ、そこ」

「ご存じですか」

「いや、この間、会社の先輩から聞いたんですよ。天ノ川町の星空を見たら、人生変わったって」

「人生、が」

改めて、女性客を見る。おっとりした顔。身なりは悪くない。苦労をしていそうな感じはしないし、ワケあり女の一人旅、という感じでもない。むしろ、幸せそうに見えるくらいだ。一体、人生のなにに不満があって、なにを変えようというんだろう。

「空いてますか？」

「奇跡的に、一室空いてますね。人気のお宿なんですけど。急遽、キャンセルが出たのかもしれないですね」

「ほんとですか」

「ですが、飛行機は大晦日だと午前中からお昼までの便が全部埋まっていまして、午後の出発になってしまいますね。お宿のチェックインが夜になってしまいますが」

「大丈夫です。予約できますか？」

弛緩（しかん）していた心を締めなおして、端末に向き合う。キーボードを叩いて空席のある便を探し、発着時間と宿までのアクセスルートを確認する。

「航空券をお取りしますので、お名前をうかがってもよろしいでしょうか」

「あ、はい、クドウです。久しく、遠いで久遠」

「久遠さま。下のお名前も頂戴できますか」

「サチです。幸せ、の一字で、サチ」


一瞬、キーボードを打つ手が止まる。

幸せ、か。

いいな。そういう名前。

「お待ちの間、お宿のパンフレットをご覧になりますか？」

「サチ」は、パンフレットを手にすると、無邪気な顔で、思ったよりも豪華、とはしゃいだ。

「寒くて外に出られなくて、結局だらだらしたお正月にならないといいんですけどね」

それもいいんじゃないでしょうか。笑顔を作りながら、沙羅は空席状況を目で追った。

狭間の世界（11）

鏡の中の私は、なんだか硬い表情。かなり緊張している。まばたきの回数が増えて、目が落ち着きなく左右に泳いでいる。大きく深呼吸をして、気持ちを落ち着かせる。

後ろにワタルがやってきて、小さな椅子に腰をかけた。鏡越しに私の目を見ながら、細長い指を私の髪の間に差し入れる。少し冷たい指先がうなじをかすめて、背筋がぞくりとした。私は動揺を見せないように、顔面に力を入れて、平静を装う。

私が「黒」に呑み込まれそうになってから、半日が経っている。サカキが置いていった時計は休むことなく動き続けて、カウントダウンは刻々と進んでいた。短針が四周目を終えようとしているということは、残りは丸一日ということだ。

昨夜は大変だった。「黒」から逃れてへたり込んだ私は、雪の中をワタルに背負われて戻ってきた。部屋まで連れてきてもらった私は、お礼を言うこともできずに、そのまま気を失うように寝込んでしまった。

ひと眠りして起きてみると、顔がとんでもないことになっていた。わんわん泣いたせいで、目元がぱんぱんに浮腫(むく)んでいる。後ろ髪は「黒」から脱出した代償に、肩より少し長いくらいのところでギザギザのボロボロになっていた。服は着たまま寝てしまったせいでしわしわだ。都合よくできている「狭間の世界」でも、泣いたら顔は浮腫むし、切った髪の毛は元に戻らないらしい。どうせ、ワタル以外に見られることはないし、なんてことないと割り切ってしまえばいいことかもしれない。けれど、ひどい顔をしている自分を見ると、どうしようもなく気持ちが沈む。私は、洗面台の前で腹の底からため息を吐き出した。

ワタルが「行くよ」と声をかけてきたのは、私が洗面所から自室に戻る途中だった。ワタルは、部屋を通り抜けようとした私の進路をふさぐと、「どこに？」と聞くことも許さず、無言の圧力をかけて私を後ずさりさせた。昨日の今日で外に出ようという気にはなれなかったけれど、真っすぐ突き進んでくるワタルに、私は後ろ向きのまま玄関前まで押し出された。

いつの間にか手に持っていたコートを羽織り、嫌々玄関ドアを開ける。あの大雪は一晩で完全に消え、ひとかけらの雪も残っていない。ただ、どんよりとした灰色の冬空が、私たちに圧しかかっていた。

なにも語らずに先導するワタルの後をついていくと、ほどなくガラス張りの建物に辿り着いた。扉には、〝Shalom〟という店名が入っている。シャロム、もしくはシャロームと読むのだろうか。ぱっと見でわかる。ヘアサロンだ。

誰もいない店の中は、白で統一されたきれいな空間だった。ワタルが私をエスコートして、窓際の椅子に座らせる。迷いのない、スムーズな動き。ここが、「ワタルの美容室」なのだということに、鈍い私でもすぐ気がついた。

「ごめん」

「え？」

「ひっでえ切り方」

「いやだって、あんな状況で」

ワタルは私の毛先を見ながら、大きなため息をついた。むしろ、私が恐縮して縮こまる。もう少しで「黒」に呑み込まれるところを咄嗟の機転で助けてもらったのだ。とてもじゃないけれど、髪の毛がギザギザになったことくらいで文句なんて言える立場ではなかった。

それにしても。

私は、本当に「黒」へ飛び込んで、死のうと思ったのだろうか。

こうして時間が経つと、雪も「黒」も、全部夢の中の出来事であったかのように思えてしまう。ワタルを死なせたくない、という気持ちがあったのは間違いないし、自分の中で抱えきれない思いが膨れ上がってどうしようもなくなったというのも本当だ。正しい行動であったかと言われたら、今は胸を張ってうんと言いづらいところがあるけれど、あれはあれで、自分なりに考え抜いて出した結論だった。私は、ちゃんと死のう、と覚悟もしたし、それでいいんだと納得もしていた。

でも、死を覚悟した夜から一夜明け、私は何事もなかったように美容室にいる。生きるとか死ぬとか、もうよくわからない。間近に迫った死から逃れた翌日は、拍子抜けするほど普通の一日だ。

「どうしよっか」

「どう?」

「長さをそろえる感じでいい?」

私の後ろ髪はギザギザになってはいたけれど、それなりの長さが残っていた。一番短くなったところで毛先をそろえたとしても、元々ロングだったものが、セミロングになる程度で済みそうだ。

それほど大きく印象が変わるわけではないし、そもそも人の目に触れることがない「狭間の世界」では、髪の長さなどどうだっていいことだ。にもかかわらず、どうする？　と聞かれると、どうしよう、と考えてしまう。

「どうしよう、かな」

私が少し首をかしげると、鏡の中でワタルがゆるりとした笑みを浮かべた。細長い指で私の髪の毛を挟んで、ハサミで切るジェスチャーをする。

「バッサリ？」

「なんでそんな楽しそうなんですか」

物心ついてからずっと、私は同じ髪型だった。色は黒。胸より少し長いストレート。多少長さを変えたことはあるけれど、基本的なスタイルを変えたことは一度もない。私自身が変わることに消極的だったせいもあるけれど、一番の理由は、母親に「そうしなさい」と言われたからだった。母親自身は自由にヘアスタイルを変えているのに、私には「その髪型が一番似合う」と言って、他のヘアスタイルにすることを認めなかった。

理由は、今になってみると、わかる気がする。

きっと、「女らしい」からだ。

私は母親の理想を背負っていたし、背負うことに疑問も持っていなかった。そうしたらいいんだろうと思っていたし、そうすべきなんだとも思っていた。でも、今の私は違う。もう半ば死んでいるわけだし、その上一度は完全に死のうと思ったわけだし、この髪型にこだわる理由なんか一つもない。誰にも文句は言われない。

なのに。

「どういうのがいいんですかね」

「わりと、なんでも似合いそうだよ」

「なんでも」

「この長さのまま少し動きをつけてもいいし、バッサリいってもいいし」

バッサリ、というところに、ワタルはアクセントを置いた。

「美容師的には、切りたいもんなんですかね」

「他の人はわからないけど、俺は、スタイルチェンジするって言われたら、結構わくわくはする」

「なんでですか?」

「なんか託された気がするでしょ。人生を、っていうと大げさだけど」

ワタルが、珍しく口角を上げて、にっ、と笑った。

「人生を」

「やっぱね、ヘアスタイルで人の印象って大きく変わるし。大きく変えるってなったら、それなりに不安だったり期待だったりあるだろうし。それを俺にまかせてもらえるってのは、素直に嬉しいよね」

「ほんとに、好きなんですね、仕事」

一瞬、ワタルがきょとん、とした顔をした。うーんと首をひねり、なにか考えている様子もあったけれど、最終的にワタルの口から出てきたのは、そうだね、という言葉だった。

「ワタルくんは、なんで美容師になったんですか」

「んー、まあ、いろいろ都合がよかったってのもあるんだけど」

「うん」

「俺、弟がいるんだけどさ」

「前に聞きましたね、ちょっとだけ」

「うちは昔から金がなかったから、母親が俺と弟の髪の毛を切っててさ」

「お母さんが？」

「でも母親も忙しいから、かなり適当で。俺は坊主だし、弟はいっつもキノコみたいな髪型にされてさ。それが原因で、軽くいじめられちゃって」

「え、そんな、髪型くらいで」

「一度、俺が弟の髪を切ったことがあってさ。元々、手先が器用だってのはよく言われてたんだけど、見よう見まねで切ってみたら、そこそこいい感じになって」

「その頃からセンスがあったんですかね」

「弟は、髪型がちょっと変わっただけなのに、いじめられなくなってさ。そこから成績もぐいぐい伸びて、友達も増えて、人生大逆転」

「御利益(ごりやく)抜群じゃないですか」

「それでハマっちゃったのかも。俺がちょっとやったことで人が幸せになるなら、そんないいことないじゃんって」

　私は、ワタルに見えないように大きく息を吐いた。筋金入りなんだね、と小さくつぶやく。誰かに与える。それがワタルという人のすべてなのかもしれない。

「じゃあ、あの」

「ん？」

「なんで、その仕事を辞めて、実家に戻ることにしたんですか」

以前、仕事を辞める理由が「家庭の事情」だということは聞いていたものの、それ以上深く踏み込むことはできなかった。でも、こうして今までにないほど活き活きしているワタルを見ていると、なんでだろう、どうして、レールから外れないのだろう、という気持ちが強くなった。

「親父が病気でさ」

「病気」

「だんだん、手足が動かなくなるんだ。治す方法もないし、もう治らない。結構病気が進んで、介護に手がかかるようになって」

「それは、なんというか」

想像以上に重い理由に、かける言葉が見つからなかった。病気じゃしょうがないよね、という慰めにもならない言葉では、ワタルの苦悩をわかち合える気がしない。

「地元じゃ、美容関係の仕事なんかないし、辞めるしかなかった」

「そっか」

「ちょっとだけ考えたけどね。このまま帰らなくてもいいんじゃないかって。うち、弟もいるし。俺が帰らなくても、なんとかなるんじゃないか？　みたいなさ」

「でも、そうしなかった」

「まあね」

ワタルは私の髪を揃えていた手を止めると、鏡に左手をそっと映した。美しい指に、生々しい傷痕が残っている。ワタルに出会った日に気づいた、ほんの少しのノイズ。左手人差し指の、肉の盛り上がり。

「その傷は？」

「仕事中に切っちゃってさ」

ワタルが、左手の人差し指と中指を立て、右手にハサミを持つ。ああ、と私はうなずいた。スタイリストさんは、左手の人差し指と中指で髪の毛を挟み、引っ張ってはみ出た毛先をハサミで切る。勢い余って、自分の指を切ってしまうこともあるのかもしれない。

「ホントに思いっきりいっちゃって。血がドバドバ出て、別の人にカットを代わってもらわなくちゃいけなくなって」

「よくあることなんですか」

「結構切る人はいるかな。でも、俺は切ったことほとんどなかったし、こんなに痕が残るほどざっくり切るやつはさすがにいない」

「それなのに、どうして？」

「一瞬だけ手が固まったんだ。思い通り動かなくなった」

ワタルが、左手を握ったり開いたりする。今の体は魂であって実際の肉体ではないものの、その時の感触がワタルの中に残っているのかもしれない。

「まさか、お父さんと一緒の病気、とか、じゃないですよね」

「さあ。わからないけど、体が動かなくなるってこういうことかって思ったら、いずれ動けなくなることが決まってるって、すごい絶望感じゃないかって思うようになった」

ワタルが、自分の前に敷かれたレールから外れなかった理由。それは、ただ現状維持をし続けていた私とは、やっぱり違っていた。外れようとすればできたし、それだけの力がワタルにはあった。でもやっぱり、ワタルは頭をちぎって人に食べさせるヒーローみたいな人で、与えることから逃れられなかった。頭、パンじゃないんだからね、と、またため息が出た。

「あのさ、話、戻しちゃうんだけど」

「うん？」

「私、バッサリ、挑戦してみようかな」

「あ、わくわくする、って言ったことは気にしないで」

「大丈夫。ちゃんと、自分の意志です」

私が今ここで髪の毛を切ったとしても、今まさに死を迎えようとしている私の肉体の髪は変わらない。母親が「それが一番似合うよ」と言ってくれた、黒髪ロングのままだ。「狭間の世界」でなにをしたって、結局はなんにもならない。

でも。

雪の中、ワタルの胸に覆いかぶさった私は、確かにワタルの心臓の音を聞いた。幻だろうがなんだろうが、私ははっきりと、どくんどくん、という音を聞いたのだ。体が触れ合ったところは温かったし、呼吸するたびに上下する胸の動きも感じていた。

震える私の体を抱え込んで、ワタルは「生きてる」と言った。

そっか、生きてるのか、と、私は泣きながら思った。

幻だってなんだって、生きているなら、やりたいことをやってみるのもいい。なにをしてもなんにもならないということは、なにをしたって自由、ということでもあるはずだ。

「そっか。どれくらい切る？」

「魂が、軽くなるくらい」

ワタルは目をしばたたかせて、私の言葉の意味を考える。考えたってわかるわけがない。言った私でさえ意味がわかっていない。ただ、あと一日、胸を張って前を向けるくらい、軽くなりたかった。ワタルならきっと、わかってくれるんじゃないかと思った。

「オッケー。まかせて」

「おまかせします」

襟にタオルが差し込まれ、ワタルが慣れた手つきでクロスをかけてくれる。ワタルの指が、私の乱れた後ろ髪を引っ張った。指が上下に動いて、髪の毛を切る位置を探る。

「この辺からいっちゃおうか」

「え、もう、そんな、いきなり切ります？」

「一旦、粗切り（あらぎ）するけど」

「いやなんか、気持ちの踏ん切りが」

自分から切ると言ってみたものの、少しだけ決心が必要だった。できることなら、ファッション誌でも並べて、一晩悩ませてほしいくらいだ。

「じゃあ、やめとくか」

「そんなこと言われるとぐらついちゃうから、やめてください」

ワタルは意地悪な笑みを浮かべると、すらりとした指を器用に動かし、コームで毛先を整えた。ほどなく、腰のシザーバッグから銀色のハサミを取り出した。一瞬、きらり、と光がちらついたかと思うと、しゃき、という心地よい音とともに、私の髪の毛が切り落とされた。ワタルが、切ったばかりの毛の束を、わざわざ私に見せる。

「わ、ほんとに、大丈夫ですか」

なんで勝手に切るの？　という、母親のヒステリックな声が聞こえた気がした。その声を掻き消すように、ワタルの手がまた一束、私の髪を持っていく。重さで言ったら、ほんのわずかなものだろう。実際、頭が軽くなったかどうかわからないくらいだ。けれど、ワタルのハサミが動くたびに、気持ちが軽くなっていく気がする。

私を、私に繋ぎとめていたもの。

「黒」から解放された時と同じように、私は、ワタルのハサミで少しずつ自由になっていく。今度は、今までの私から。

「死ぬほど似合わなかったらどうしよう」

「大丈夫だってば」

――めちゃくちゃかわいくするから。

ワタルが、はっきりとそう言い切った。心がふわっと温かくなって、また少し気持ちが軽くなった。今は、ワタルを信じる。ワタルが髪を切り終えた時、なにをしてもなんにもならない世界も、少しくらいなにか変わるだろうか。

✝伊達恒——色欲（ラスト）

眞瀬沙羅が部屋のドアを開けると、家具も荷物もない、がらんとした空間が広がっていた。床と壁、窓と天井という四角いだけの空間。照明もなく、カーテンを外した窓から差し込む月明かりだけが、ぼんやりと陰影を浮かび上がらせていた。もう、年末だ。さすがに、暖房のついていない部屋は寒い。

部屋の隅、壁にもたれかかるようにして座る人影が目に入る。ワタルだ。真っ暗な中でなにをしているのだろうか、と思ったが、ほどなく疑問は解けた。なにもしていないのだ。ただ、そこに座っているだけだった。

「部屋、寒くない？」

「寒い」

「まだ電気通ってるだろうし、エアコンは使えるでしょ？」

「なんかさ」

暗がりの中から、「音がないのがいいんだよね」というワタルの声が聞こえてくる。

「こうやって見ると、意外と広かったんだね、この部屋」

「広い気もするけど、狭い気もする」

「どっちよ」

沙羅が初めてこの部屋に来たのは、まだ短大生だった頃のことだ。

当時、沙羅は母親の再婚で家にやってきた新しい父親とどうしても折り合いがつかず、言い争いを繰り返していた。我慢の限界を超えた沙羅は、後先考えず家を飛び出した。一週間くらいのプチ家出のつもりで。

初めは、都内の大学に通う高校時代の友達の家を泊まり歩いていた。だが、泊めてくれる友達はだんだん減っていく。家に帰った方がいいと諭されたことに反発して、ケンカ別れしてしまった友達もいた。

友達をあてにできなくなって、仕方がないので安いホテルを探して泊まった。だが、安いと言ってもホテルはホテルだ。一泊で数千円が飛んでいく。お金が続かなくなると、ネットカフェで夜を明かすようになった。ひどい時はネットカフェにすら泊まれずに朝までふらふらと街を彷徨(さまよ)い、始発の環状線に乗って、通勤ラッシュが始まるまでの数時間だけ電車で眠る、という日もあった。

一週間もすれば家出人の捜索願い的なものが出されて、警察に声をかけられるかもしれないと思っていた。警察の前で、母の再婚相手のメンツをつぶしてやりたい、という復讐心(ふくしゅうしん)もあった。だが、そんな沙羅の考えを見透かしていたのか、母の再婚相手は意地になって警察には相談しなかったらしい。沙羅も沙羅で意地を張って、家には帰らなかった。

家出生活も一か月続き、いよいよ貯金も所持金も尽き果てた。財布に残っていたのは小銭が数枚。行くあてもなく、都会には頼る人もいない。疲れ果てて辿り着いたのが、ワタルの住む街だった。

その日は、ひどい雨だった。沙羅はアーケードのある駅前商店街で一晩しのごうと、なけなしの小銭を使ってこの駅までやってきた。遅い時間であったせいか商店街の店は全部閉まっていて、アーケードの中はすでに薄暗かった。駅で一緒に降りた人々は、沙羅がうろうろしている間に姿を消した。みんな帰るべきところがあって、真っすぐ帰っていったのだろう。

人の姿がないアーケードをとぼとぼと歩いていると、のれんが外された飲み屋から若い男が出てくるのが見えた。長身というわけではないが、すらりとした男で、なんとなく話しかけやすい雰囲気がある。アーケード内をどこかに向かって歩く男の背中に、沙羅は声をかけた。

「ねえ、二千円貸して」

沙羅の声に反応して振り返った男が、ワタルだった。

ワタルは沙羅をじっと見ていた。着ているのは、よれよれのTシャツとダメージの入ったデニムのパンツ。二日ほど風呂に入っていない上に雨にも降られて、髪の毛はバサバサになっていた。訳アリ、を絵に描いたような見た目だったに違いない。

断られるかと思っていると、ワタルは「いいけど、なんに使うの?」と聞いてきた。お金を貸してほしい、とは言っても、当然返すことは考えていなかった。相手だってそれくらいは見抜くだろう。どうせ財布は出て来ない。沙羅は自分を嘲るように、「ネカフェに泊まる」と答えた。

「泊まって、どうすんの?」

「どうすんのって」

「お金ないんだろ? 明日もまた、誰かに金貸してってって言って回る気?」

気がつくと、沙羅は泣きながら行き場がないと訴えていた。今日、ワタルに借りた金で一晩やりすごしても、朝が来ればまた居場所がなくなってしまう。あと何日、こんな思いをしなければならないのだろう。

ワタルは、家に帰ればいいのに、とバカにすることもなかったし、甘ったれたことを言うな、と怒ることもなかった。ただ、正面から沙羅の話を聞いてくれている。それが逆に、張り詰めていた沙羅の神経を、ぶつんと切ってしまった。

沙羅は、すがるように一晩だけ泊めて欲しいと頼み込んだ。ワタルは、それはマズいだろ、と難色を示していたものの、沙羅が「もう二十歳だから犯罪にはならない」などと食い下がった結果、最終的には「しょうがねえか」とため息をついた。

雨の中、ワタルの持つ傘に入れてもらって辿り着いた部屋。小さなアパートの二〇一号室。余計な家具はあまりなくて、さっぱりとしたシンプルな部屋だった。

見ず知らずの男の家に泊まる。一か月の家出生活の中、何度か経験したことだった。沙羅に優しい声をかけてくる男は少なからずいる。大変だね、と同情してくれて、ご飯も食べさせてくれる。でも、夜寝る前には、必ず「代償」を求められた。一晩の安息のために、沙羅は目を閉じ、口をつぐんだ。ワタルの部屋に上がった時も、覚悟はしていた。もはや覚悟も必要なかったかもしれない。外で震えて過ごすより、知らない男に抱かれた方がましだと思っていた。

だが、ワタルは沙羅にシャワーを勧め、部屋着を用意し、夕食を食べさせると、いつも寝ているであろうベッドを沙羅のために譲って、自分は迷うことなく硬い床に転がった。結局、夜が明けるまで、ワタルは沙羅に一切なにも求めなかった。

一晩ぐっすりと眠ったのは、家を出てから初めてのことだった。翌朝、美容師だというワタルは、

「こんな頭で帰ったらびっくりされるだろ」と言うと、ろくなケアもできずに傷みが激しくなっていた沙羅の髪をきれいに整えてくれた。その上、沙羅の家までの電車賃まで渡してくれた。

思えば、ワタルの一言で、沙羅は意地を張ることから解放されたのかもしれない。ワタルの言う通り家に帰ると、ぎすぎすしたものは残ったものの、それでも拒絶されることはなかった。母親の再婚相手と完全に和解できたわけではないが、それなりに落としどころを見つけ、普段通りの生活が戻ってきた。

お金は、後日ちゃんと返した。以来、ワタルとは数か月に一度会って話をするくらいの「友達」になることができた。


「飛行機のチケット、ありがとね」

「あ、ううん、いいよそんくらい」

大晦日に帰るというワタルの航空券を手配したのは、旅行会社に勤める沙羅だった。仕事を辞めるという話も、部屋を引き払って実家に帰るという話も聞いていなかったこともあって、連絡が来た時にはひどく驚いた。

「あ、隣の席ね、わりとかわいい女の子だよ」

「なにそれ」

「初めての一人旅なんだって。なんか、飛行機落ちないかとか、独りで現地まで辿り着けるかとか心配してたから、面倒見てあげてよ」

暗がりの中で、ワタルがもう一度「なにそれ」と言って笑った。沙羅の頭には、二日前に店を訪れた、クドウ、という客の顔が浮かんでいた。偶然にもワタルと目的地が一緒で、空席が残っている中で一番時間帯の早い便は、ワタルと同じ便だった。いくつかの偶然の重なりにイタズラ心が湧いて、沙羅はワタルの隣の席を取ることにしたのだ。

「話はさておき、とりあえず、飲も?」

部屋の端に置かれていた空の段ボール箱をひっくり返して、テーブル代わりにする。レジ袋からスナック菓子や缶詰を取り出して、段ボール箱の上に並べる。チョコレートバーを見せると、酒に合うかこれ、と笑われた。じゃあ、実家に持って帰って非常食にでもしなよ、と拗ねたふりをした。

準備が整うと、乾杯、と言う代わりに、アルコール飲料の缶同士を軽くぶつけた。こん、という地味な音が、空っぽの部屋の中で妙に響いた。

「いいの? 仕事、天職って言ってたのに」

「ああ、まあ、しょうがないから」

「悩んだんじゃない? 帰るか、こっちに残るか」

月の光が照らすワタルの表情が、少し変わったように見えた。いつもながら表情の変化はわずかで、本心は見えてこない。

「正直に言うと、まあまあ迷った」

「だよね」

実家に帰ることが決まっていて、退職日も決まっていたのなら、普通はもっと前に航空券の準備くらいするだろう。でも、ワタルが沙羅に連絡をしてきたのは、かなり直前になってからだった。きっとぎりぎりまで、帰るか残るか、迷ったに違いない。

「別に、こっちに残ったってよくない？」

「ああ、うん」

「自分の人生じゃん、だって」

「うん、まあ」

「もうちょい考えなよ」

「でも、明日の午前中には退去しないといけないしな」

「うちに来ればいいよ。しばらく泊めてあげる」

「さすがに、そういうわけにもいかないだろ」

「なんで？　お返しだよ」

沙羅は、二人の間にあった段ボール箱をやや乱暴にどかした。ワタルの手からアルミ缶をもぎ取って床に置く。そのまま伸ばした脚の上に跨り、顔をぐっと近づける。鼻の頭同士が、かすかに触れ合った。吐息の熱が肌を撫でる。暗闇にうっすらと浮かび上がるワタルの目が、規則的にまばたきを繰り返している。

　普通に会って話もする。時々、一緒に酒を飲むこともある。沙羅は少しずつワタルとの距離を縮めていこうとしたが、どこまで近寄っても、どうしてもワタルの心の奥底までは届かない。ワタルの顔がこんなに近くにあるのに、なんだか遠い。

　一度、沙羅は冗談ぽく装いながら、「ワタル、付き合おうよ」と言ったことがある。ワタルは、仕事が忙しいから、と、いともあっさり断ってきた。冗談半分だしショックはなかった、と言えば少し嘘になる。だが、忙しい、というワタルも、嘘をついていると思った。仕事が少々忙しくたって、好きな子ができたら付き合うくらいできるだろう。沙羅が好みのタイプじゃないから？　違う、と沙羅は思った。好きか、嫌いか。そんなことを考えるはるか前から、ワタルは答えを出していた。ワタルはきっと、怖がっているのだ。自分が誰かを求めるようになって、それを捨て去らなければいけなくなるのを怖がっている。まるで、レールの上を行儀よく走る電車のようだ。そのまま先に進むのがいやだったら、自分のやりたいように、人生をぶっ壊したらいい。

やり方を間違えたし、考えも浅かったけれど、沙羅はレールから思い切りはみだした。傷ついて、泣いて、後悔もしたけれど、それでわずかながら、沙羅の世界は変わった。

帰りたくないんでしょ？
仕事だって、続けたいでしょ？
彼女だって、欲しいでしょ？

体を預けて、ゆっくりと唇を重ねる。質の悪いアルコールのにおい。唇を割って舌を差し入れると、舌先にワタルの味を感じた。ワタルは拒絶しなかった。やめろ、と言うこともなく、手で押し退けることもなく、沙羅が動くままに身をまかせている。でも、舌を絡ませても、手で体に触れても、なかなか心には触れられない。ワタルは沙羅を拒絶してはいなかったが、受け入れてもいなかった。

どうにかしたくて、沙羅はワタルの首元に顔をうずめた。細いけれどしっかりした首筋に唇を這わせる。下から上へ。そしてまた胸元へ。

突然、ワタルの手が動いて、沙羅を抱え込んだ。ワタルの体に埋もれて、身動きができない。物音一つしない部屋に、かすかに震える二人の呼吸音だけが響いた。

「飲もう」

ぽん、ぽん、と二度、ワタルの手が沙羅の頭を撫でるように叩いた。その瞬間、体の中で膨らんでいた感情が破裂して、どうしようもなくなった。

ワタルはやっぱり、沙羅になにも求めなかった。なにも。

狭間の世界（12）

目が回る。いや、「狭間の世界」が回っているのだろうか。俺は、真っすぐ歩こうと必死にバランスを取るが、足は真っすぐ前に出ない。体が横に流れていきそうになるところを、上着を引っ張られて踏みとどまった。

「大丈夫ですかほんとに」

「大丈夫、だと思う」

　サチが、俺の左腕と体の間に潜りこむようにして、ふらつく体を支えてくれている。小さな体なのに、軽く寄りかかるとなんだか安心感があった。俺を見上げる顔は、思い切り笑っている。だめな人だなあ、と言われているようで、それが心地よかった。そう、だめなんだよね俺、とへらへらしたくなる。

「やっぱ、いいよ」

「いい？」

「その髪型」

　サチは、「そうですかね」と鼻の穴を膨らませながら口元を緩ませて、自分の手で何度か後ろ髪を掻き上げた。

最終的に、サチの新しいヘアスタイルはフェイスラインぐらいのショートカットに落ち着いた。後ろ髪はかなりバッサリいった。少しカラーも入れたおかげで、仕上がりはまるで別人だ。サチも驚いたのか、鏡を見ながら何度もポーズや表情を変えていたのが微笑ましかった。

——ワタルくん、デートをしよう。

「シャローム」から出たサチが、最初に発した一言がそれだった。俺が、デート？　と聞き返すと、デート。と大真面目な顔でうなずく。せっかく髪型を変えて気分が上向きになったのだから、デート気分を味わいたい、ということらしい。相手が俺でいいのか聞くと、サチは、まあしょうがないので、と笑った。

サチとの「デート」は、まずショッピングから始まった。この世界は退屈だけれど、俺たちが求めるものは際限なく与えてくれる。シャロームを出てすぐ、それまで単なる「風景」に過ぎなかった場所に、ショッピングモールの切れ端のような建造物が現れていた。サチが何度か行ったことのある場所らしい。

外観とは明らかに広さが合わない内部の空間を歩きながら、サチの新しい髪型に合う服を探す。俺も一緒になって迷った結果、ストリートカジュアルっぽい格好になった。フェミニンな雰囲気が強かった今までとは、かなりのイメージチェンジだ。思わず、サチだよね？　と聞いた。

ショッピングモールでお互い新しい服を選び、店員のいないレストランで不思議なランチを取る。その後どうするのかとサチに聞くと、水族館に行きたいと言う。水族館に行ったのはいつ以来だろう、と、記憶を探っても、最後に行った時の記憶には辿り着かなかった。

店を出て水族館に向かおうとすると、サチの手がするりと伸びてきて、俺の手を摑んだ。何度か触れたはずの手だが、これまでとは少し感触が違う気がした。俺よりも細くて小さいはずの手には力が満ちていて、ぐいぐいと俺を引っ張っていく。サチの力が、手を通して伝わってくる。

レストランの隣に現れた水族館で、サチはふわふわと水槽の中を漂うミズクラゲに釘づけになっていた。動きも少ないし、別に珍しい種類というわけでもないし、なにがそんなに楽しいのか、正直わからなかった。とりあえず、サチに倣って横に並び、同じように漂うクラゲを凝視してみることにした。それで別段印象が変わることはなかったが、なんだか心が安らいでいくような気にはなった。錯覚かもしれないが。

サチが、横で「ワタルくんに似てますよね」と笑う。俺とクラゲが？　と聞くと、ふふ、という笑いだけが返ってきた。クラゲに似ていると言われたのはさすがに初めてだ。意味不明で理解ができない。

そこそこ長いことクラゲを見た後、サチは大きな水槽の前で足を止めた。イワシの群れが放たれた水槽だ。無数のイワシが、まるで一つの生命体のようにうねうねと動く姿は圧巻だった。あの真ん中にはきっとイワシの王様がいるんですよ、とサチが言うので、想像力がすごすぎる、と返した。

ふと気がつくと、俺はずっとサチの軽くなった後ろ髪を見続けていた。つまり、サチが常に俺の前を歩いていたということだ。今までは後ろをついて歩いてくることが多かったのに、いつも通りのペースで歩いていると、サチに「遅い」と手を引かれた。時間がないんですから、と怒られる。

クラゲにかなりの時間を割いたのはサチなのだが。

あちこち歩き回り、駅前アーケードにある「ノア」というカフェで少し休憩をとる。そこから、「生ビールをごくごく飲んで、行儀悪く、ぷはあ、と言いたい」というサチのよくわからない希望を叶(かな)えるために、伊作に向かった。

マスターとおかみさんのいない店内ではあったが、焼き鳥はいつものように「普通で」旨い。俺とサチが、交互に普通普通と連呼するのに、うるせえ、と反論するマスターの姿がないのは寂しかった。

普段、酒はさほど飲まないというサチが隠れ酒豪ぶりを発揮して、水のように酒を飲む。つられて飲んでいるうちにかなり酒が回ってしまった。どんどん酔っていく俺を尻目に、サチはけろりとした顔をしている。マジかよ、と声が出た。

伊作で食べて飲んでしゃべって、ぱんぱんに膨れた腹を抱えながら外に出る。足がふらついて、危うく転びそうになるところを、サチに支えられて助かった。でも、さすがにこれはマズい、と、俺は酔い覚ましにサチと二人で少し歩くことにした。空はすっかり暗くなって、夜が訪れていた。「狭間の世界」のくせに、サカキの時計の刻む時刻に合わせて一日が正確に回るようになっている。つまり、残された時間は長くなったり短くなったりすることはなく、あとわずか、ということだ。

「あのさ、ちょっと休んでいってもいい？」

「あ、もちろん」

丘の上の、名も無き公園。

ふらつく足で真ん中のドーム型の遊具によじ登り、てっぺんに寝転がる。火照(ほて)った体に、冷たい遊具の感触が気持ちよかった。俺の後に、サチが続く。前はもたついて手で引っ張り上げなければならなかったが、今日はあっさりと登ってきた。靴がスニーカーに変わって、動きやすくなったのだろう。

「頭がぐるんぐるんする」

「気持ち悪い？」

「気持ち悪いけど、気持ちいいかな」

遊具の上で大の字になって空を見上げると、世界がゆっくりと回っているように見えた。胸はムカつくし胃も重たいのだけれど、冬の冷たい空気が気持ちよかった。

「飲み過ぎですよ」

「サチの半分しか飲んでないって」

「半分は言い過ぎですよ」

「酒が強いにもほどがあるだろ」

「いや私も正直、自分がこんなに飲めるとは思わなかったんですよね」

「あんまり飲んだことがなかった？」

「帰りが遅くなると親に怒られるし、そもそもお酒なんて体に毒だから飲むなって言われてて」

「ああ」

なるほどな、と、俺は生返事をする。

「こんなに飲めるなら、もう少し飲んどけばよかったですね」

「宝の持ち腐れだよな」

「お酒が強いなんてあんまり自慢にならないですけど、でも、なんかいいですよね」

「いい？」

「職場の飲み会とかで、普段偉そうな人たちがべろべろになってるのに私だけけろっとしてたら、カッコイイじゃないですか」

「でも、酔い潰された方は、だいぶカッコ悪くなるけど」

俺が両手で熱くなった顔をこすると、サチが、確かにカッコ悪い、と笑った。

「でも、いいじゃないですか」

「酔っ払っても？」

「一つくらい、ワタルくんより私の方が強いものがあったって」

肩ぐらい貸せますよ、とサチが自分の肩を叩いてみせた。俺はついさっきその小さな肩を借りておきながら、調子に乗んなって、と言い返す。

「まあでも、生きてた頃に飲んだ経験がなかったから、酔っ払うっていう感覚をこっちに持ってこなかっただけかもしれないですけどね」

「絶対そう。間違いない」

じゃないとあの尋常じゃない酒量は説明できない、と、俺は半ば負け惜しみのようにうなずいた。

「あ、星」

「星？」

サチが、俺の横にごろりと寝転がって空の一点を指さした。しっとりとした闇の中に、ぽつんと浮かぶ小さな白っぽい光がある。「月ではない」ということ以外、何座だとか、何星だとかはわからない。

「あんな小っちゃいの一個でも違いますよね」

「違う？　なにと？」

「光がちょっとあるだけで、希望があるように見えますよ」

ゆっくりと、「黒」に引き込まれていくサチの姿を思い出す。俺が知っている言葉では言い表せない真の闇。あの中に落ちて行くことを思えば、夜空にぽつんと一つだけ光る星は、それだけでも生きている証のように思えた。

「ワタルくんの実家は、もっとすごい空が見えるんですよね」

「ああ、もうちょい星は多いかな」

「もうちょいってレベル？」

「日による」

「私、ちょっとだけ思い出したんですよ。天ノ川町に行こうとした理由」

思い出せたんだ、と俺は驚いた。死にまつわる直接の記憶ではないからだろうか。

「会社の先輩が、星空がすごくて人生が変わったって言ってて」

「人生が？」

「私、人生を変えようとしてたんだと思うんですよね」

人生を変えようと。

口の中で、サチの言葉を繰り返した。

俺に残っている最後の朧(おぼろ)げな記憶は、母親と電話で言い争った日のことだ。俺は仕事を辞め、実家に帰ることになっていた。仕事は楽しかったし、仲間もできた。ようやく出来上がった俺の世界を捨てて帰ることには迷いもあったが、結局クリスマスまで働いて、退職することに決めた。

つまり、俺は人生を変えられなかったのだ。

実家の鬱屈した生活から逃れるために、俺は美容師の資格を取り、「弟のため」と言いながら地元を離れた。決まりきった人生のレールから、なんとか自由になろうと試みたのだ。手に職をつければ、それができると思っていたし、ぼんやりと都会の生活に憧れていたところもある。

五年間で俺はいろいろなものを得た。実家と縁を切ろうというわけではないが、俺は俺で、少し自由になってもいいんじゃないかと考えた。絡みつくものを切って、レールを外れて、自分の足で走り出すことだってできたはずだ。けれど、俺はそうしなかった。今まで通り、誰かに敷かれたレールの上を走ることを選択したのだ。レールを敷いたのは誰だ？　それは、サカキの言う「なんらかの意思」なのかもしれない。

「天ノ川町の星空を見てたら、私の人生変わってたんですかね」

「さあ、どうだろう。星空見たくらいで人生変わってたら、俺の人生なんか毎日ころころ変わって、大変なことになってないとおかしいけど」

「そう、ですよね」

「もう、変わってたんじゃない？」

「え？」

「サチは、自分の人生を変えようとして、それを行動に移したわけでしょ。その時点で、サチは人生を変えてた」

「でもまあ、たぶんその結果、ここに来るはめに」

「仮にそうだとしてもさ、八十年以上も生きた後に、自分の人生クソつまんなかったな、って思っちゃう方が不幸じゃない？」

自分の人生を変えようとしたサチの試みは、結果を見ることなく途中で頓挫してしまったのかもしれない。それでも、そんなことしなければよかったのに、と言われたら悔しいよな、と思った。

「とはいえ、やっぱり見てみたかったですよ。星空。満天の星」

私はちゃんと生きてる間に見たんでしょうかね、と、サチはため息をついた。

「赤のカードを選べば、またリベンジできるよ」

俺は少し意地悪く、カードの話を振った。サチは怒ることも凹むこともなく、空を見上げたまま笑った。

「無理じゃないですかね」

「無理？」

「私、星空を見に行こうとして死ぬことになったわけで」

「うん」

「仮に生き返ったとしても、二度と独りで星なんか見に行かせてもらえないでしょうね。ますます箱入り具合が厳重になるばかり」

「そっか」

「なかなか、レールから外れるってのは難しいですよね」

月のない、真っ暗な空。相変わらず、空のてっぺんにはぽつんと一番星だけが光っていた。

「じゃあ、ここで見よっか」

「え、見られるんですかね」

「たぶんね」


求めよ、さらば与えられん、だろ。


俺の言葉の意味を理解したのか、それは神様を——、と言いかけてサチは口をつぐんだ。そして、そっと俺の手を摑む。俺たちは、繫いだ手を天に向けて伸ばした。

「なんだろう、なにか、呪文でも唱えないとダメですかね」

「ＵＦＯ呼ぶんじゃないんだからさ」

「なんて言えばいいんですか」

「星空が見たいかー！」

俺は無性に大声が出したくなって、どんよりとした空に向かって叫んだ。サチは突然隣で大声を出されて驚いた様子だったが、「呪文がダサい」と文句を言う。いいんだよ、なんだって、と返す。もう一度、「星空が見たいか！」と叫ぶ。声を出すために冷たい空気を吸い込むのが気持ちよかったし、誰に気を遣うわけでもなく思い切り大声を出すのも気分がいい。酔いも手伝って、俺は今までで一番大きな声を出していた。

気持ちよさが伝わったのか、サチも真似をしようと息を吸い込んだ。鼻の穴がぷくりと膨らむ。

一度目はむせてしまったが、二度目、仕切り直しの一回で、サチは思い切り声を振り絞った。

「見たい！　天然のプラネタリウム！」

「狭間の世界」を動かすには、どうすればいいのだろう。俺たちの声が「意思」とかいう存在に届いたかは知らないが、空には相変わらずぽつんと星が一つ、頼りない光をちらつかせているだけだった。

「だめか」

横を見ると、じっと空を見上げるサチの顔があった。公園の中に立つ街灯の光が、サチの小さな鼻や口を浮かび上がらせている。だめかも、と答えながらも、目は空から離れない。けれど、表情にかすかな失望が見えたような気がした。


そんな顔、するなよ。


そう思った瞬間、サチの顔が見えなくなった。それまで俺たちを照らしていた公園内の照明がすべて消えたのだ。二人して上半身を起こす。見ると、眼下に広がっていた偽物の街から、次々と光が消えた。停電とは違う。ビルや住宅がどんどん消えて、なにもない平原に変わっていっている。

「ワタル、くん」

サチが怯えた様子で俺の体に身を寄せた。繋いだ手に、力がこもる。光が消えた世界は、あの「黒」を思わせた。黒一色で塗りつぶされて、なにも聞こえなくなって。

視界から光が消え、俺たちは闇の中にいた。すぐ隣にいるはずのサチの顔すら、まったく見えないた。

い。息遣いだけが、わずかに聞こえる。見上げると、あの一番星だけがまだちらちらとまたたいて

「サチ、上」

「上？」

周りの光がなくなったせいだろうか。いつの間にか、見える星の数がどんどん増えていった。一つ、二つ、と数えているうちに、目が追いつかなくなる。まるで、地上から急に空へと打ち上げられているような感覚だ。視界が星で埋め尽くされていく。俺たちに向かって、星が降ってくる。

「ワタルくん！　これ！」

ドームの上に、二人で立ち上がる。小さな世界のてっぺんは、あっという間に星空の真ん中になっていた。遮るものもなく、邪魔する光もなく、俺たちの周りを、無数の星が取り囲んでいる。俺もサチも言葉を失って、ただ呆然と立ち尽くすことしかできなかった。

もう、闇はどこにもない。俺たちは光の中に立っていた。一つ一つの星の光はかすかなものでしかないが、隅から隅まで星をちりばめた夜空は、夜とは思えないほど明るかった。天の川が青白く輝き、空を真っ二つに割っている。時折、流れ星が川を横切ってすっと消えた。

「うちの、町だ」

「天ノ川、町？」

「そんな気取った名前になる前のね」

町はずれの小高い丘。そこから見下ろす、大地に貼りついたような小さな町。街灯の明かりもほとんどなくて、高い建物もなくて。そうだ、確かにこんな風景だった、と俺は思った。

地元を離れてから、俺は生まれ育った町に一度も帰っていなかった。帰ってしまったら、もう二度と出られなくなってしまうような気がしたからだ。俺が見ないふりをしようとした故郷のなにもない夜景。「狭間の世界」は、死者の記憶をもとに作られる。俺の頭の中には、あの頃世界のすべてだった公園からの風景が、しっかりと残っていたのだろう。

「空が、空じゃないみたい」

下を見ていた俺とは対照的に、サチは首が抜けそうなくらい反り返って空を見上げていた。小さな口が開いている。俺が顎の先をつつくと、慌てて口を閉じた。

「空じゃなくて、なに？」

「もう、ここまでくると宇宙そのものって言うか」

「人生変わりそう？」

「変わる。変わりますよ。あんな小さな光が、集まったらこんなにすごいんだ、って」

「そっか」

「これ見て、地元の人はなんとも思わないんですか？　やっぱり」

「晴れてれば、毎日こうだからね」

「贅沢ですよ。贅沢極まりない」

でも、と、俺は、言葉を切った。上を見っぱなしだったサチの目が、俺に向く。

「こんなに、きれいだった、かな」

この空を、俺は確かに見てきたはずだった。当たり前のように見ていたはずの夜空が、今は胸をぎゅっと摑んで放さない。しばらく故郷を離れていたからだろうか。それとも、当たり前にあったものの美しさに、今になってようやく気づいたからだろうか。

「空に、落っこっちゃいそう」

サチの声が震えていた。心の震えが声を震わせている。その震えは、俺にも伝わって来ていた。サチは無言のまま俺の上着を引っ張り、胸に顔をうずめた。するりと手を回すと、サチの肩の震えが激しくなった。

「偽物のくせに、こんなにきれいだと困るよな」

顔を上げることなく、サチが、そうなんですよね、と返事をした。まだ、体は震えている。俺も、なんだか目の奥がぎゅっと縮んで、熱を帯びているように感じた。

この世界に、サチがいなかったら。俺は今頃、どうなっていただろう。しゃべることもなく、動くこともなく、ただ有り余る時間だけを前にして、自分であることの意味を失っていたかもしれない。今頃は、肉体から解放されて、自由な魂になっていたはずだ。

だけど俺はまだ、やっぱり生きている。

生きていた時よりも、もっと、ずっと、はっきりと。

「サチ」

「うん」

顔をくしゃくしゃにしたサチが、俺の胸から少し離れた。ごめん、鼻水が、と、笑って取り繕おうとするが、目に星空が飛び込んでくると、また唇がぎゅっとゆがんだ。

「こうなったらさ、本物を見に行こうよ」

「本物？」

「俺も、星空がきれいだなんて、今まで考えたことなくってさ」

「もったいない」

「そうなんだよ。だから、もう一度見たい」

できたら、サチと一緒に。俺がそう言うと、サチは目を閉じて口を手で押さえ、何度か小さくうなずいた。でも、首を振る方向を静かに変えた。

「二人とも生き返ったら、魂が半分に」

「半分でも、まあいっかなって」

「まあいっか、って」

「半分だけだって俺は俺だし、半分だけだって、サチはサチだろ」

「そう、ですね」

圧倒的な数の星たちの一生に比べたら、俺たちが生きようが死のうが、大した問題じゃない。俺たちが生きることに、意味なんて最初っからなかったのだ。俺たちが死んだところで、宇宙は変わらない。なにをしても、なんにもならない。


だったら、自由だろ。


一緒に、赤のカードを選ぼう。

俺の言葉に、サチはもう一度小さくうなずいた。

✝久遠幸――色欲（ラスト）

黒いダイニングテーブルに肘を置き、久遠譲（じょう）はため息をついた。もう一時間も前に準備は終わって車も待たせてあるというのに、妻はまだばたばたと動き回っている。どうしてこう、女というのは計画性がないのか、と呆（あき）れる。

今日は、早朝から家を出発し、早い時間の飛行機に乗ってホノルルを目指すことになっている。毎年、妻と娘を連れてハワイに行くのが年末年始の過ごし方だが、今年は社会人二年目の娘が仕事を休めず、旅行には不参加だった。妻と二人での旅行などいつ以来だろう、と、譲はまたため息をついた。

「おい、遅れるぞ、いい加減に」

「わかってるから！」

妻の無計画さは今に始まったことではないが、妻が若い頃には笑って流すことができていたことも、今は煩わしいと思うようになった。正直に言うと、二人で出かけるのも気が重い。緩衝材の娘がいない分、妻の面倒臭さと正面からぶつからなければならないからだ。

「まだ出てないの？」

寝ぼけ眼（まなこ）をこすりながら、娘のサチが自室から出てきた。朝六時前だが、妻の足音で目が覚めてしまったらしい。譲は、やれやれ、というように、首を傾げた。ダイニングテーブルの向かい側に座った娘が、同じような顔をする。

「気をつけて行ってきてね」

「気をつけるもなにも、飛行機なんだから気をつけようがない。落ちたら終わりだからな」

「やめてよ、縁起悪い」

「大丈夫だ。飛行機なんてまず落ちないからな。計算上、年百回乗っても、墜落するような事故に遭うまで何千年もかかる」

「そんなに？」

「サチが豆腐の角に頭をぶつけて死ぬ確率の方が高いさ」

「さすがに、豆腐にぶつかったくらいじゃ死なないから」

「まあ、危ないことはするなよ」

しないよ、と、娘が口を尖らせた。わずかに、視線が泳ぐ。

なにか、隠し事があるな。

弁護士をやっていると、人の嘘に敏感になる。裁判で争う相手方はもちろん、時には自分のクライアントに踊らされることもあるからだ。

「サチ」

「なに？」

「親がいないからって、オトコを連れ込むのは許さんからな」

娘が顔を赤く染め、しないよ、と声を荒らげた。表情から読み取れるのは、困惑とわずかな嫌悪感だ。図星ではないな、と、譲は少しほっとする。娘がそんなことをしようと考えているのなら、旅行どころの話ではない。

社会人になって、娘も少しずつ女の空気をまとい出した。いつまでも子供だと思っていたが、表情も体つきも、少しずつ女のそれになってきている。だが、少ししゃべってみると、中身はまだまだ幼い。人としての器と魂の間に成熟のギャップがあるのだ。親として、それはとても危ういもののように思える。

以前、男と連れ立って歩く娘を偶然見かけてしまったことがある。仕事で移動する最中だったが、譲は急ぎ車を停めて、声をかけた。娘はバツの悪そうな顔をしたが、開き直って「彼」だと男を紹介した。

娘の交際相手だという男は、ぱっと見はさわやかな好青年、という印象だった。だが、すぐに腹の中が透けて見えた。正面から見据える譲の視線から逃げるように目が泳ぐ。緊張ではない。後ろめたさをごまかそうという目だ。

別れろ。その場で、譲は娘にそう言い渡した。娘は色をなして怒ったが、むしろ怒りたいのは譲の方だった。なぜこんな軽薄で中身のない男の本性が見抜けないのかと、我が娘ながら悲しくなったのだ。

結局、娘と男の交際は長く続かなかった。譲が見抜いた通り、男は複数の女と遊びで交際するような人間だったらしい。娘もずいぶん反省したようで、以来、浮いた話は聞かない。

どうすれば男の嘘が見抜けるのか、という娘の問いに、譲は「目を見ろ」と教えた。人間の嘘は、目に表れるものだ。

「休みの間は、ずっと家にいる予定だよ。だらだらする」

「そうか」

娘が生まれた時、幸せになってほしい、というただ一つの願いを込めて、幸、と名づけた。我が子の幸せを願わない親などそういないと思うが、幸せというものをどう定義すればいいのかを考えると、わからなくなる。

そろそろ結婚の適齢期を迎える娘に、妻は、裕福で誠実で、見た目も悪くない男をあてがおうとしているようだ。そんな夢のような話は、その辺に転がっているものじゃない。人というものは、知れば知るほど生臭みが出てくるものだ。

忙しなく駆け回っていた妻が座っている譲を見るなり、なにをのんびりしているのか、と怒鳴りつけた。のんびりもなにも、譲はいつでも出発する準備ができている。怒鳴りたいのはこっちだ、という言葉を呑み込む。

譲が妻と結婚した理由は、あまり褒められたものではない。若く、見た目がよく、頭が悪かったからだ。妻は自分の武器をよく理解していた。将来有望と見た譲に対して、恥ずかしげもなく色目を使ってきたのだ。愛情や慈しみといった感情はそこになく、男を「幸せ」への踏み台としか思っていないのがすぐにわかった。だが、その単純さがよかった。

豊かな生活さえ保証してやれば幸せだと感じる女は、簡単でいい。大概の問題は金やモノで解決できる。生活を守るためには爪を立ててでも譲にしがみつくし、完璧な妻を演じようと勝手に努力する。コントロールがしやすく、考えもわかりやすい。そういう女が家にいる方が、譲は安心して仕事ができる。

だが、娘の考えはいまいちよくわからない。物心ついた時から金やモノに困らない生活をさせてきたからだろうか。娘は、なんに対しても執着がない。求めるものや、思い描く未来が伝わってこない。自分でも、幸せとはどういうものか、わかっていないのではないだろうか。

「じゃあ、行ってくるからな」

「うん、気をつけてね」

「ちゃんと、毎日連絡入れろよ」

譲がプライベート用のスマートフォンを拾い上げながら、娘に向かって念を押す。と同時に、メッセージの着信を知らせる音が鳴った。慌てて娘の視界から画面を遠ざける。事務所の女性スタッフからだ。プライベート用のスマートフォンには連絡を入れるな、とあれほど言ってあるのに、と、いらだつ。

もう二年ほど、その女性スタッフとは関係を持っている。年齢は娘とそう変わらない。目立つ美人ではないが、愛嬌がある。見た目にそぐわず性欲が旺盛で、昼と夜の表情のギャップが男心をくすぐる。

かつて、誰もがうらやむ美人であった妻も年齢には勝てず、輝きを失いつつある。表面のメッキが剝げてくると、内面の凹凸(おうとつ)が際立ってきて、ほのかに持っていた愛情さえも削り取っていく。今はもう、触れたいと思うこともなくなった。家庭を破壊しないようにするためには、満たされない欲求を外に向けなければならない。

仕事は順調だ。その辺の人間よりはるかに高額な年収を稼ぎ、都心の高級マンションに居を構え、家族と暮らす。リビングから見える景色は成功の証だ。多くの人間が、この幸せな生活をうらやむだろう。

だが、その実はひどく乾いている。これから愛してもいない妻と気が乗らない旅行に行き、酒を飲みながら若い不倫相手の肌を思い出す。たとえ悟られたとしても、妻はなにも言わないだろう。豊かな生活を手放す気などないからだ。もしかすると、もう気づいているのかもしれない。

幸せなんてものは、一皮剝けば、そんなものだ。

窓から、外の景色を見る。同じような嘘や色が、この街を作っている。これだけたくさんの人間がいるのに、本当の幸せを、本当の愛を知っている人間が、何人いるだろう。

玄関先まで見送りに出てきた娘に、妻が「お土産買ってくるね」などと呑気な言葉をかけている。決意に満ちたような、それでいて不安に苛(さいな)まれているような、娘の複雑な目の色には気づきもしなかった。

「行ってくる」

もう一度、そう宣言して、娘の頭に手を置いた。反抗期もなかった娘は、父親に触れられても嫌がることなく、にこりと笑みを浮かべる。

俺のような男には、引っかかってくれるな。

そう願いながら、譲は妻の後に続いて玄関から外に出る。

狭間の世界（13）

デスクライトの光が、二枚のカードを照らしている。赤、黒。確かめるように見比べてから、私は封筒にカードを収めた。

赤のカード。

一緒に、本物の星空を見に行こう。ワタルの言葉が、まだ力強く私の胸の中に残っている。繋いだ手の感触が残っている。「黒」から助け出された時の、心臓の音が残っている。

カードを入れ終え、シールを貼って封をする。これで、意志の表明は完了だ。私の意志は、生存の赤。元の体に戻ることを希望する、の意味。

作業を終えると、肩の力が抜けた。ライトを消し、部屋のドアを開ける。明かりはついていなかったけれど、窓から入ってくる光でリビングはうっすら明るい。私は音を立てないようにダイニングテーブルの椅子を引き、腰を下ろした。隣の部屋では、酔ったワタルがもうすでに寝ている。最後の夜だというのに、あっさりしたものだ。

深呼吸をして、手元を見る。いつの間にかコーヒーの注がれたマグカップが姿を現していた。私は、便利な世界、と笑う。

隣は、母の席。その向かい側が、父の席。

家族で囲んでいた食卓が、遠い昔の出来事のような気がする。


ふと、「狭間の世界」に来た最初の日、窓際に立っていたワタルの姿を思い出した。いい天気、と、トボけたセリフを吐く、緊張感のない顔。妙におかしくなって、声を殺して笑った。今思えば、会っていきなりカレーをごちそうになる、という不思議な初日だった。カレーはとてもおいしかった。あれから私も何度かトライしているものの、やっぱりワタルのようには作れない。

ダイニングテーブルの上には、サカキの時計が置かれている。残りは、半日を切っていた。私の料理の腕前が上達するのを待たずに、ワタルとの奇妙な共同生活は終わろうとしている。なんだか、拍子抜けするほどあっけない。

生き返るというのは、どういう感覚なのだろう。ふと、何事もなかったように自分の部屋で目覚めるのだろうか。もしくは、ほぼ死にかけている体に戻るのだから、戻った瞬間から痛い思いとか苦しい思いをするのかもしれない。それは嫌だな、と思った。

ゆっくりと時間をかけながらコーヒーを飲み干すと、私の一瞬の隙をついて、マグカップが消えた。便利な世界、と、また笑う。うん、と伸びをして、もう一度、音のない自宅を見回した。窓から見える夜空に、さっき見えたはずの星は、ひとかけらも残っていなかった。

椅子から立ち上がって、リビングと自室を隔てるドアの前に立つ。横には、ワタルの部屋に続くドア。私の家にワタルの部屋がくっついていることにも、もう慣れっこになってしまった。

とくん、と、胸の奥がざわめく。

なんか、このままあっさり終わっちゃうのもね。

私は、大きく息を吸い込んで、ワタルの部屋に続くドアのレバーに手をかけた。ぎい、などと軋むこともなく、滑るようにドアが開く。

あまりモノがない、シンプルなワタルの部屋。カーテンが開けっ放しの窓から、さっきは見えなかった月が覗いていた。小さなキャビネット。ローテーブル。壁に寄り添うように置かれたシングルベッド。布団が軽くめくれていて、横になったワタルの背中が見えた。静かな寝息が聞こえてくる。酔っ払っていたし、デート、なんて言ったせいで気疲れさせてしまったかもしれない。

足音を忍ばせて、寝ているワタルにそっと近づく。ローテーブルの上の、無造作に置かれた封筒が目に入った。すでにきっちりとシールが貼られている。ああ、やっぱりもう終わるんだ、と、少し寂しい気持ちになった。

「トイレ？」

「わっ、びっくりした」

人間、驚くと「びっくりした」とそのまま言葉にしてしまうものだな、と恥ずかしくなる。見ると、背中を向けて寝息を立てていたはずのワタルが、体を私に向けて目をこすっていた。

「ごめん、起こしちゃいました？」

「あー、うん、飲み過ぎると、眠りが浅くなる、から」

のんびりとした声。もうすぐ「狭間の世界」から自分の体に戻るのだ、という緊張感はまるでない。あまり表情を変えないワタルは、バカみたいに気持ちが顔に出る私と違って、なにを考えているのかよくわからない。

「どうした？」

「んー、その」

月が照らす、ワタルの顔。髪の毛は少し乱れていて、目がまだとろりとしていた。妙に目立つ喉仏が、生き物のように上下している。私は、ワタルのベッドにお尻を引っかけるようにして座った。

「トイレではないです」

「そっか。お風呂？」

「さっき入りました」

「気づかなかったな。俺、結構寝てたんだ」

かわいい寝顔でしたよ、とからかうのはやめておく。

「じゃあ、眠れない、とか」

「ワタルくん、知ってます？」

「ん？」

「私たち、寝なくても大丈夫なんですよ」

ワタルは、知ってた、と笑いつつ、ごめん、と謝った。酔っ払って眠くなって、さっさと先に寝ちゃってごめん、という意味だろう。私は、別に責めているわけじゃないですよ、と念を押した。

軽いやり取りの後、少しの沈黙が訪れた。物音ひとつしない世界の中にいることには慣れたはずなのに、その沈黙は私の背中に重くのしかかった。しゃべらなきゃ。焦っているのは私だけだ。息を深く吸って呼吸を整える。渇いた口の中に舌を這わせて湿らせる。手の震えを抑える。

ワタルに、「じゃあ、どうしたの?」と言われてしまう前に、私は布団をめくり、するりとワタルの横に滑り込んだ。少し戸惑った表情を浮かべたけれど、ワタルはなにも言わなかった。

布団の中は、ワタルの体温で満ちていた。自分のものとは違う匂いが染みついている。温かくて、いい匂いで、なんだか守られているような、包まれているような、そんな安心感。この世界がすべて記憶で作られていると言うなら、私はこの匂いをどこで知ったのだろう。

「寒いの」

「寒い?」

「って言って布団にもぐりこんだら、男はイチコロなのよ、って」

サカキさんが。と、付け加えると、ワタルは一瞬目を丸くした後、ぶっ、と噴き出した。お酒の臭いが残る息が顔にかかって、私は、わっぷ、と小さな悲鳴を上げる。変な緊張が解けて、強張っていた体が緩んだ。

「笑ったら失礼ですって」

「サチだって笑ってる」

この世界にはたった二人しかいないのに、私たちはなぜか声を殺してしゃべっていた。薄暗い部屋と息がかかるほどの顔の近さが、そうさせる。

「じゃあ、サカキの言うことを信じて、俺をオトしに来たの?」

「ううん、そういうわけじゃないんですけど」

「なんだ、違うんだ」

「お礼を言っておきたいと思って」

「お礼？」

「ごはんとか、髪の毛とか」

「ああ、大したことじゃない」

「あと、助けてくれたこととか」

髪の毛が「黒」に摑まれた時、本当のことを言うと怖かった。自分では覚悟を決めたと思っていたのに、いざ死が間近に迫ると、心が折れそうになった。なんとかする、とワタルが言ったときにはじめて、ああ、私は死にたくないんだな、と思い知らされた。

「こちらこそ」

「私、なんにもしてないと思うんですけど」

「この世界に、サチがいてくれてよかった」

「私、が？」

「今日も、楽しかったしさ」

ワタルとの「デート」は、とても楽しいものだった。現実の世界でも、あんな一日があったら楽しいに違いない。服は選び放題だし、行きたいところは近くに生えてくるし。食べたいものは次々出てくるし。お金もかからないし。

でも、楽しく過ごせたのはきっと、「終わるんだ」という思いがあったからだ。口には出さなかったけれど、私は「狭間の世界」での生活に限界を感じていた。ここでは、人間のままでいることが難しい。長くいればいるほど心は擦り減って、丸くなって、感情を失ってしまう。スムーズに肉体から切り離して魂に変えるための場所なんだから、当たり前のことなのかもしれない。もしワタルがいなかったら、私はとっくに私でなくなって、魂の世界に旅立ってしまっていたはずだ。

　ワタルもまた、同じことを考えていたのかもしれない。

「私、たぶん今日が人生で一番楽しかったと思うんですよ。今日が人生に含まれるのか、っていう疑問はさておき」

「そんなに？」

「もっと早く髪切って、スニーカー買えばよかったのかも」

　切ってもらったばかりの髪を自分の手でつまむ。ワタルは、自分の仕事が上手くいったことを確かめるように、おでこから生え際に手を滑り込ませ、私の髪の毛を掻き上げた。優しい手の感触が、頭にふわりと残る。

「なんか、ちょっとだけなんですけど、幸せってなんなのか、わかった気がするんですよ、私」

「どういうことだった？」

「それが、言葉にできないから困ったもんなんですけど」

「だめじゃん」

「なんて言うか、もう、こんな日は二度とないんじゃないかなって思えたから。そんな風に思えることって、人生に何度もないじゃないですか」

　今日が人生に含まれるかはさておき、と繰り返す。わざわざこう言わなければいけないところは面倒だ。

「大丈夫だよ。またそういう日も来るって」

「そう、ですかね」

「生き返れば、まだまだいろんな可能性があるだろ」

「そう、かな」


——生き返れば。


「でも、ワタルくんと普通にはしゃげるのは、最後」

「最後？」

「こうやって、私が私のまま、ワタルくんと会えることは、もうない」

私とワタルが魂を分け合って生き返れば、今の私とは違う私になってしまう。ワタルのことを忘れてしまっている可能性もあるし、星空をきれいだと感じることもできなくなっているかもしれない。そもそも、自分が自分であることすらわからなくなっていることだってあり得る。ワタルも同じだ。私たちが生き返って再び出会っても、一緒に買い物をしたり、走り回ったりすることは、きっともうできないのだろう。

「狭間の世界」でワタルと一緒に過ごした一日がなにより幸せだと思うほど、元の体に戻った後の人生は辛いものになってしまうかもしれない。最初から知らなかったら、諦めもつくけれど。


でも、私は知ってしまった。

ショートカットが軽くて気持ちいい、ということ。

人の先を走っていっても、後ろをついてきてもらえるということ。

生きているだけで幸せ、なんて言う自信が、私にはない。恵まれていたはずの今までの人生ですら幸せだと実感できなかったのに、今までよりも過酷になってしまう人生を幸せだと思える気がしない。

ワタルはどう思っているんだろう。私は、それが知りたかった。

「そうかもね」

「かも、じゃないですよ」

「そうだね」

「それでも、星空を見に行くって言えますか」

私は、じっとワタルの目を見た。ワタルは視線を外すことなく、けれども答えをくれるわけでもなく、優しい顔のまま、私をじっと見ていた。生き返ってから先のことなんて、ワタルにだってわかりっこない。答えなんて、出せっこない。

「大丈夫。行けるよ」

なのに、ワタルは私に向かってそう言った。一重だけど、少し垂れているせいで優しく見える両目は、じっと私の目を見たままだ。

「でも、歩けないかもしれない」

「大丈夫」

「目が見えなくなってるかもしれないですよ」

「大丈夫だって」

ワタルの顔が、しだいにゆらゆらと揺れ出した。私の目に涙が溜まって、視界を歪める。じわじわと膨らんだ涙の粒が目から落ちて、シーツに染みた。

「なんで大丈夫って、言えるんですか？　そんな、自信満々に」

ワタルの細くてきれいな指が、私の頰の涙を拭いとっていった。温かい。涙が途切れて、またワタルの顔が見えるようになる。ワタルは、私を見つめたまま、「大丈夫だからだよ」と答えた。

「星なんて、俺たちがどんだけ生きたって、消えてなくなったりしないだろ。何千万年とか、何十億年とか、ずっと光ってるわけだし」

「それは、そうですけど」

「だったら、生きてりゃなんとかなるよ」

じわりと、私とワタルの距離が近づいていた。つま先が、ワタルの足に軽く触れている。私の体の熱とワタルの熱が混ざり合って、どんどん熱くなっていくような気がした。

「あんなに星があるなんて、知らなかった」

「都会じゃ見えないもんな」

「ほんとに、きれいだった」

「本物は、もっときれいかも」

「見に行きたい。行けますか？　ほんとに、絶対に」

「大丈夫だってば」

「ワタルくんと、一緒に」

ワタルの腕が伸びてきて、私を抱き寄せた。一人分の幅しかない小さなベッドの上で、私たちは二人で一つになるくらい、ぎゅっと近づいた。このまま、制約に縛られた肉体なんかなくなってしまって、純粋な魂になって、一つに混ざり合ってしまえたらいいのに。

「もちろん。一緒に」

ワタルが、私の耳元で答える。ワタルの腰に腕を回して、力を込めた。雪の中で聞いた時よりもずっとはっきりと、お互いの心臓の音を感じた。

「約束？」

少しだけ顔を離し、もう一度ワタルの目をじっと見る。月はだんだん窓枠から外れて行って、部屋の中は暗くなっていた。

「約束――」

私は、ワタルの唇が動くより早く、顔を寄せて唇を重ねていた。

それ以上、ワタルの目を見ていたくなかったから。

足を絡ませて、隙間なんかないほどくっついて。それでも足りなくて、力いっぱい体を抱き寄せて。でも、どれだけ一つになろうとしても、私たちは私たちのままだった。

彼はワタルで、私はサチだった。

†伊達恒――貪欲（グリード）

――おは、よう。

夢でも見ているのだろうか。幼い頃、旅行先で知らない天井を見上げたときのように、自分だけが異世界に放り出されてしまったかのような孤独を感じる。久遠幸はいても立ってもいられなくなって、ぼんやりとした状態のまま、なんとか声を出した。おはよう、と言いさえすれば、両親が必ず返事をしてくれていたからだ。

「おはよう」

だが、返ってきた「おはよう」は、父の声でも母の声でもなかった。はっとして、幸は目を見開いた。上半身は辛（かろ）うじて動く。隣を見ると、青白い顔をした男が、幸を見ていた。家族でも、友達でもない。知らない男だ。

「もう、日が暮れるけどね」

「日が」

男の顔には、緊張感というものがまるでない。目は一重だが、少し垂れているせいであまり怖そうには見えない。外国人風の巻きの強い黒髪パーマが、やや癖のある顔によく似合っている。

「あの」

幸が話しかけると、男は「なに？」とでも言うように、軽く首を傾げた。

「ちょっと、聞きたいことが、あるん、ですけど」

「聞きたいこと」

そりゃあるよね、と、男は苦笑する。

「なんでも、どうぞ」

「じゃあ、その、どちら様でしょうか？」

「俺、ワタル、です」

「ワタル、さん」

「とりあえず、生きていてくれてよかった」

「生きて、いて？」

「そう」

「どういうこと、ですか」

「飛行機が」

まだ正常な思考が戻っていない幸の頭は、なかなか事態を呑み込めずにいた。確か飛行機に乗っていたはずなのに、目の前には壁のような黒いものがあって、視界をふさいでいる。見上げると、あるはずの天井がなくなっていて、空が丸見えになっていた。

どうしてこんなところにいるのだろう。

昨日は、十二月三十日。朝、海外旅行に出発する両親を見送った後、いつものように出勤。午前中は先輩社員に連れられて取引先との年内最後となる会議に出席。その後は会社に戻って、納会に出た。二次会、三次会の幹事を務め、自宅に帰ってきたのは夜十一時過ぎだった。

家に帰るなり、急いでスーツケースを引っ張り出し、荷物を詰めた。人生で初の試み、一人旅に出ようと決めていたからだ。

荷造りを終えて緊張で眠れない夜を過ごし、朝方に目が覚めた。午後の便にもかかわらず、普段の出勤時間と変わらないくらい早くに家を出て空港に向かった。初めて一人で手続きを済ませて搭乗ゲートから飛行機に乗り込み、ようやく座席に着くと、ほっとして一気に眠気が襲ってきた。何度乗っても慣れない離陸の浮遊感を乗り越えると、もう起きているのが辛くなって、そのまま目を閉じた。

幸が覚えている最後の光景は、通路側の席から見た、小さな窓の外の景色だった。真っすぐに伸びる翼と、その向こうに広がる雲の海。窓際の席に座っていた若い男の人が、幸と同じように外を見つめていた。

それから――。

男と少し会話をしたことで、急激に幸の五感が戻ってきた。焦げ臭いにおい。身を切るような寒さ。両脚の痛み。

「飛行機、が」

「雲の上に出たら天気もいいしさ、見晴らしも最高、って思ってたのに」

「のに？」

「目の前で、エンジンから火が出て」

「なにを、言ってるんですか？」

飛行機が落ちる？　そんな話など聞いたことがない。幸が生まれるずっと前の話か、もしくは遠い外国の話か。少なくとも、自分の身に降りかかってくるようなことだとは思ってもみなかった。

「俺たちが助かったのも、奇跡みたいなもんじゃないかな」

「助かっ、た？」

「まあ、これで助かったかっていうと、微妙なとこだけど」

「他の乗客の方は」

「大声で呼んでも、返事がない」

「だって、たくさん人が、乗ってたじゃないですか」

「乗客だけで百五十人はいたはずなんだけど」

「そん、な」

「もう少し、機体が潰れてたら、俺たちも」

そう言われて、幸は視界をふさいでいる「黒い壁」の正体をようやく理解した。自分の席より前方の機体が完全に潰れて、壁のようになっているのだ。操縦席にいたパイロットや、前方の座席に座っていた人たちがどうなったのか、考えたくもなかった。ワタルの言うように、もう少しだけ機体が潰れていたら、幸も、「黒」の一部になっていた。ぞっとして、心臓が急に鼓動を速めた。

「悪い夢、ですよね、こんなの」

「夢で済むんなら、悪夢でも歓迎したいとこだな」

どん、という爆発音と、衝撃。傾く機体。悲鳴。天井から落ちてくる酸素マスク。鬼気迫る、パイロットのアナウンス。しだいに、幸の記憶の断片が繋がり始める。

「動ける?」

「だ、だめです。脚が挟まってるみたいで」

「そっか。同じだ」

俺も、と、男は自分の脚を指さした。幸の脚は、座席と「黒」の間にがっちりと挟まれてしまっていて、少し動くだけで激痛が走る。どうやら、ワタルという男も同じ状態であるようだ。

「助けを呼べませんかね」

「電話があれば。俺のは、どこかに行っちゃって」

スマートフォンは手元に置いていたはずだ。もう陽がほとんど落ちて、視界は暗い。懸命に手探りで撫でまわすと、股の間、前の座席の網棚があったはずのところに、四角い物体が挟まっていた。寒さでかじかむ指で引っ張り出し、電源ボタンを押す。落ちた時の衝撃でガラスが割れてしまっていたが、淡い光が点った。

「使えそう?」

懸命に指を這わせるものの、ガラスだけでなく中身も壊れてしまったのか、画面が正常に表示されない。操作もできない。ロック画面には時計が表示されているはずなのに、縦横に線のようなものが走っていて、数字を読み取ることもできなかった。

「だめ、ですね」

「どっちにしろ、圏外なんだろうけど」

「どうしよう」

「飛行機一機落ちてるわけだし、救助はくるはずだから」

「そう、ですよね」

「ただ」

「ただ？」

「ここ、たぶん、山の中じゃないかな。周り、木ばっかりだし」

「そう、ですね、きっと」

「もう日が暮れるし、そうなると救助が来れないんじゃないか」

「そんな、それじゃ、私たち」

「そう。俺たちは、明日の朝まで半日、生き延びないといけない」

「朝まで、って」

現状でさえ、雪でも降るのではないかという寒さだ。コートは頭の上の棚に入れていたが、天井はきれいさっぱり吹き飛んでしまって、なにも残っていない。陽が落ちて、これからどんどん気温が下がっていく中、こんな薄着のままでは凍え死んでしまう。

「十二時間、なんとか耐えないと」

冬だからもっと長いかな、と、男は他人事のように言う。考えるだけでもぞっとするのに、どうしてこんなに冷静でいられるんだろうかと、幸は不思議に思った。

「でも、この寒さじゃ」

「なんとか、熱を逃がさないようにしないと」

「無理じゃないですかね、このまま朝までなんて」

「まあ、俺も正直、自信はないんだけどね」

使い物にはならないものの、スマホのほんのりとした光が、薄暗い中でも男の顔を浮かび上がらせていた。もし幸一人だけが生き残っていたらと思うと、ぞっとした。きっと、パニックになって、生き延びようなんて考えることもなく、自暴自棄になっていただろう。

「なんとか、頑張ろう」

ワタルと名乗った男は腰をもぞもぞと動かすと、小さなお菓子の包みを取り出して、幸に向かって差し出した。コンビニでよく見る、百円くらいのチョコレートバーだ。事故の衝撃のせいか、だいぶ潰れてしまっている。

「もらいもんだから、遠慮なく」

「いや、でも、これは」

「食べておいたほうがいい」

「今、そんな、物食べてるような状況ですかね？」

「食べないと頭回らないよ」

ワタルは、頭が動けば体も動く、と、標語のようなことを言った。

「でも」

「生きるためだからさ。俺の尻が潰しちゃったやつで悪いけど」

包装紙を器用にはがすと、ワタルは潰れたチョコレートバーをつまんで手を伸ばし、無理やり幸の口に突っ込んだ。食べ物を食べるような心の余裕はなかったが、寒さの中、朝まで生き残るためには少しでもカロリーを摂らなければならない、ということは理解できた。

幸は口からはみ出した分のチョコレートを折ると、ワタルに返した。状況は、二人とも同じだ。ワタルは「俺はいい」と言うように、しばらく受け取ろうとしなかったが、お返しとばかり、無理やり口に突っ込んだ。

「どうせなら、もっとがっつり食べたいよなあ」

「カロリー高い！　味濃い！　量多い！　みたいなやつですかね」

ワタルは口をもぐもぐと動かしながら、一瞬きょとんとした顔をしたが、すぐに「いいねそれ」と笑った。

貰ったチョコレートを噛みしめていると、ワタルの前に、見覚えのある布地が挟まっているのが見えた。幸がキャビンアテンダントから受け取った、ひざかけ用のブランケットだ。

「あの、ワタル、さん」

「ん？」

「そこ、目の前、ブランケットが」

光るスマホの画面を向けると、ワタルがブランケットの存在に気づいた。機体の残骸に挟まれてはいたが、なんとか引っ張り出すことができた。

「こんなもんでも、ないよりマシだよね」

「え、あの」

ワタルはなんの迷いもなく、ブランケットを幸の太ももの上に置く。最初から自分で使うことなど考えもしていなかったように。

「私が使っちゃったら、ワタルさんは」

「俺、北国生まれだから、寒さに強いと思うんだ」

「でも、さっき自信がないって」

「寒さには強いはずなんだけど、寒がりなんだよね」

「だったら、使ってください。これ、取ったのワタルさんですし」

北国出身だなんて口では言っているが、寒くないわけがない。その証拠に、ブランケットを幸に渡したワタルの手は、小刻みに震えていた。

「大丈夫」

「だって、震えてるじゃないですか」

「俺、欲張りだからさ」

「欲張り？」

「俺一人が生き残るより、二人一緒に生き残った方がいいでしょ？」

ワタルも同じように寒いのだ、ということはわかっていながら、寒さに耐えきれずブランケットを広げる自分が、幸はたまらなく嫌だった。たった一枚の毛布で寒さが防げるわけでもないが、わずかな温かさにしがみついてしまう。

「あり、がとう、ございます」

「その代わり」

「代わり？」

「話をしてくれると、ありがたいんだけど」

「話？」

「時間もわからないし、ずっと黙ってたら永遠に朝が来ないかもって思っちゃいそうでさ」

「そう、ですね」

「寝たり意識が飛んだりするの、マズそうだし」

スマートフォンの画面がふっと消えて、光がなくなった。空にはもう、陽の光は残っていなかった。ぽつんと取り残されたような星が一つ、雲の切れ間から頼りない光を瞬（また）かせていた。

「頑張ります。でも、なにをしゃべればいいのか」

「家族のことでも、家の間取りでも、楽しかったことでも」

「はい、ええと」

「あ、でもその前に」

「はい」

「これからいろいろ大変そうだし、一個聞いてもいい？」

「なんでしょう」

「よかったら、名前を」

幸は、あ、と抜けた声を出して、すみません、と頭を下げた。とんでもない状況に混乱して、ワタルの名前を聞いておきながら、自分の名前を伝えるのを忘れていた。

「サチです。幸せ、って一字で、サチ」

「サチ」

かわいい名前だ、と、ワタルのシルエットが動いた。きっと、笑ったのだろう。ワタルの声は落ち着いていて、わずかながら、生きる希望を幸に与えてくれている気がした。

けれど、どうしてだろう。

俺は欲張り、と言うワタルの顔には、生への執着があるようには思えなかった。

狭間の世界（14）

ずしりと重い頭を抱えて、俺は起き上がった。生前の体の感覚というのは、魂にとってどれほど強固なものなのだろう。二日酔いの頭痛なんか感じなくたっていいのに、と言いたくなる。感覚だけでもこれほど痛むのだから、人間が死んで純粋な魂になっていくというのは生半可なことではないのかもしれない。「狭間の世界」が必要なわけだ、とため息が出た。

目が覚めてくると、頭痛の陰に隠れていた昨夜の出来事が、ゆっくりと頭に浮かんできた。随分酔っていたし、記憶はあいまいだ。でも、ベッドを手でさすると、昨夜の残り香がまだ消えずにある気がした。

サチの熱。

この世界にいると、なにが夢で、なにが現実なのか、境目がわからなくなる。昨夜の出来事は、現実だったのだろうか。それとも夢か。

「ワタルくん」

外から、ドアをノックする音が聞こえて、俺はあたふたと脱ぎ捨ててあった部屋着を着た。平静を装いながら返事をする。

「開けてもいいですか？」

「大丈夫、だけど」

俺の世界とサチの世界の境界線であるドアが、ゆっくりと開く。うっすらと開いた隙間から、サチの目が見えた。二人して噴き出すと、ドアが大きく開いてサチが入ってきた。


——おはよう。


「あ、うん。おは、よう」

サチと「おはよう」という挨拶をかわすのは、もう珍しいことではなくなっていた。けれど、俺はその「おはよう」という言葉の価値をわかっていなかったのかもしれない。

思えば、この世界にやってくるまで、人におはようと言ったことなど、何度あっただろう。朝、目が覚めるのが当たり前で、次の日も、その次の日も世界は変わらずにそのままあると思っていた。目が覚めて、その時にまだ自分が生きているということの奇跡を、わかっていなかった。

それは、この世界に来てからも同じだ。部屋に入ってきたサチは、すでに着替えて、化粧もしていた。切ったばかりの髪も、きれいにセットしている。開けてもいい？　もなにも、俺が寝ている間に部屋を通って、洗面所に行っていたのだろう。いつもよりも、念入りに朝の準備をしていた。

最後の朝だから、だろう。

「あのさ、一大事なんですよ」

「一大事？」

俺は、サカキがやってきたのかと、テーブルの上の封筒を見た。カードを入れた封筒は、昨晩のままだ。

「ちょっと、ちょっと起きてこっちにきて」

「え」

「いいから、早く」

サチが、俺の手を摑んでベッドから引き起こし、無理やり部屋から連れ出す。手の力が強い。

「なにごと？」

「見てくださいよ、これ」

サチが、ダイニングテーブルを指さす。一体どうしたのかと、俺は緊張しながらテーブルに目をやった。

テーブルには二枚のランチョンマットが敷かれていて、上にはいくつかの皿が並べられている。グリーンサラダ。トマトのスープ。目玉焼きと、ベーコン。きれいなきつね色のトーストが二枚。ヨーグルトと果物が添えてある。

「どうしたのこれ」

「作った」

「作った？　サチが？」

「そうなんですよ。作ったんですよね、私が」

ちゃんとした朝食だ、と、俺がうなずくと、サチは何度も確かめるように、そうですよね、ちゃんとしてますよね？　と繰り返した。

「ワタルくん」

「う、うん」

「さあ、食べよう」

「あのさ、ちょっと、その前に」

「なに？　その前になに？」

「歯、磨いてきていい？」

「早く行って。早く行ってきて。冷めるから」

早く早く、と、サチに急き立てられて、小走りで洗面所に向かう。大急ぎで歯を磨き、申し訳程度に顔を洗った。また小走りで戻ってくると、先に座っていたサチが早く早くと騒いだ。

「ごめん、おまたせ」

「どうぞ、冷めないうちに」

そんなに熱々のものないよね？　と笑いながら、俺はまずサラダに手をつけた。レタスと、グリーンリーフ。ドレッシングがちゃんとかかっている。フォークを刺して、口に運ぶ。ちゃんとしたサラダだ。

「おいしいよ」

「ほんとに？」

俺が「おいしい」と感想を言うと、ようやくサチもサラダに手をつけた。シャキシャキとしたレタスを食べて、「ちゃんとサラダですよね」と言うので、俺はそのまま「サラダだね」と返した。

「スープは？」

小さなマグカップに注がれていたのは、ミネストローネのような見た目のスープだった。刻んだトマトと玉ねぎ、ベーコン、そしてセロリが入っている。

「どうやって作ったの？」

「教えてもらった、コンソメの素とトマト缶を使って」

「野菜も自分で切った？」

「もちろん」

出会った最初の日、自分の指を切ってしまったサチの姿を思い出した。スープに浮かんでいる野菜たちはまだ不格好だけれど、大きな進歩だ。スプーンですくって、一口、口に入れる。

「超旨い。さっぱりしてる」

「ほんとに？」

また、俺のリアクションを待ってから、サチがスープを口に含んだ。今度は、あっ、という表情を浮かべ、恨めしそうに俺を見る。

「味、薄いですよね？」

「素材の味が引き立ってる」

「気を遣わなくても」

「気を遣ってるわけじゃないって」

その後も、サチの粘（ねば）っこい視線を受けながらの朝食が続いた。トーストも目玉焼きもおいしく食べて、なんだか得した気分になる。自分がなにもしないのに朝食が出てくるなんて、悪いことをしているような気にもなった。

夜更かしして泥のように眠り、目を覚ます。朝はとっくに過ぎてしまって、太陽は随分高くまで昇ってきている。穏やかな光の差し込む、なにもない日に、遅い朝食を食べる。

こういうのが、幸せ、っていうやつなんだろうか。

俺よりも食べるスピードが遅いサチが、ようやく二枚目のトーストをかじる。自分で作り上げた朝食を満足げに食べるサチの姿を見ると、ゆっくりと心が満たされていく気がした。

「ありがとう」

「え？」

俺が、ありがとう、と言う前に、サチが先に頭を下げた。ありがとう、とは言っているものの、顔はなんだか得意げな表情だった。

「教えてもらったおかげで、ここまでできるように」

「大したこと教えてないけどね」

「ちゃんと料理ができるようになるなんて、思ってなかったんですよね」

「そりゃ、やらなかったらできるようになんないから」

ほんとそう、と、サチがうなずいた。はっと気づくと、目の前には香りのいいコーヒーが現れていた。サチが、便利な世界、と、コーヒーを口に含んだ。

カードを入れて封筒にシールを貼っても、それで劇的に世界が変わるわけではなかった。夜の後に朝が来て、一日が始まる。サカキの置いていった時計は、もうタイムリミットを少し過ぎていた。それでも止まることなく、時を刻み続けている。

今日は、あまりにも平和すぎる。このまま永遠に、二人だけの時間が続いていくような気がしてしまう。続いたらいいのに、と思ってしまう。

明日、世界がこのままだったら――。

サチと、目が合った。なにも言わず、お互いにただじっと目を見た。ずいぶん長い間一緒にいるはずなのに、初めて見たような感じがする。顔のパーツ一つ一つ、表情、そして、俺が作った新しいヘアスタイル。しっかりと目に焼きつけておかないと、ふわりと消えてしまいそうに思えた。

サチ、俺たち、このまま。

出かかった言葉を吞み込んだ瞬間、玄関チャイムの音が響いた。俺は思わず天を仰いで、胸の中に溜めた息を吐き出した。この世界で、あのチャイムを鳴らすのは一人しかいない。
サチに目をやる。サチは、不安と緊張が入り混じっているような、それでいて、どこか満ち足りているような顔をしていた。
「お邪魔しちゃったかしらね」
部屋に入ってくるなり、サカキが妙に明るいトーンで第一声を発した。俺もサチも、返事をしなかった。心をどこに置けばいいのか、わからなかったのだ。
サカキは、リビングのソファに腰を下ろし、少しの間、外の景色を見ながら、沈黙していた。やがて笑顔を作り直し、俺たちに向き直った。

「カード、選んだかしら」

サカキの表情は、少し硬い。人の話などほとんど聞かずに一方的にまくし立てるようなイメージだったが、今日のサカキはあまり口を開かない。一言一言が、ずしりと質量をもって、部屋の中に留まっているような感じがした。

「持ってきてちょうだい」

俺もサチも、無言のまま、自分の部屋に引っ込んだ。俺の部屋のテーブルには、寝る前にカードを収めた封筒が無造作に置かれていた。俺は自分の意志を封じ込めた封筒を取り上げて、リビングに戻った。サチも同じように、シールを貼った封筒を手にして自室から出てきた。

「まずじゃあ、あなたから」

サカキが、俺に向かって手を出す。俺は少し躊躇しながらも、封筒を手渡した。サカキが、わかりやすいようにソファの前のテーブルの、向かって右側に俺の封筒を置いた。続いて、サチの封筒が渡されて、俺の封筒の左に並べられた。その様子を、俺とサチは立ったまま見つめていた。

「あなたたちは、自分たちで考えて、この封筒の中に答えを出した。私は、この世界の管理人として、あなたたちの意志を尊重するわ」

「決まったあとは、どうなるんでしょうか」

サチが、細い声で質問をする。

「赤を選んだのなら、すみやかに元の体に戻されるわね。黒を選んだのなら、この世界に留まることになるわ」

「体に戻るまで、ちょっとだけ時間をください、ってわけにはいかないってことですね?」

「そうね」

それで大丈夫です、と、サチがうなずく。

「あなたは？」

「俺も、大丈夫」

サカキが、思った以上に鋭い視線を俺に向ける。空気に呑まれたわけではないが、俺はやや反射的に、「大丈夫」と答えてしまった。

「じゃあ、開封させてもらうわね」

サカキがリュックからペーパーナイフを取り出し、封筒を手に取った。最初に手にしたのは、俺の封筒だった。ナイフが、さりさりと軽い音をたてながら、封筒を切り裂いていく。


中のカードは、黒だ。

結局、俺の考えは変わらなかった。


自分の人生を変えるために、サチはその一歩を踏み出した。そして、不運なことにその一歩を踏み出したところで命を落とした。俺は、逆だ。俺は、自分の人生を変えることを諦めた。見えないレールの上に乗っかったところで、死んだ。

どちらに生きる権利があるか。一目瞭然だ、と俺は思った。

サチと一緒に、またあの星空を見る。それが実現したら、どれほどいいだろう。でも、そのためには、俺たちはいろいろな代償を払わなければならない。俺はどうしても、その重荷をサチに負わせたくはなかった。幸、という名前が、サチの幸せを願って与えられたのだとしたら、その名の通り、幸せになってほしい、と思った。

サチにとっての幸せがどういうものか、俺にはよくわからない。けれど少なくとも、魂を半分削ってまで俺と星空を見上げに行くことじゃない。結果としてサチをだますかたちになってしまったことには胸が痛む。でも、俺としては、これが最善だ、と信じた結果の選択だった。

サカキが、ぱっくりと開いた封筒を覗き込み、ちらりと俺を見た。


「赤、ね」


サカキの声に、俺ははっとして我に返った。赤？　今、確かにそう言った。サカキが、開いた封筒の口からカードを取り出し、俺の前に掲げる。カードの色は、サカキの言う通り、赤だ。まさか、入れ間違えたのだろうか。暗がりの中でカードを選んだから？　いや、そんなことはない。確かに、俺は黒のカードを封筒に入れたのだ。

混乱する俺をよそに、サカキは二つ目の封筒の開封にかかった。サチの封筒。ペーパーナイフが、閉じられた封印を解いていく。

「あなたのカードは、これね」

サチの封筒から、カードが取り出される。

サカキの指に挟まれていたのは、黒のカードだった。

「黒ね。間違いないわね」

ちょっと待て、と言いたいのに、声が出ない。俺は、もう一度カードを見た。俺が渡した封筒から出てきたのが赤のカード。そして、サチの封筒からは黒のカード。まるで、マジックでも見せられているようだった。

「間違いないです」

サチが、サカキに向かってそう言い放った。俺はようやく声を振り絞って、おかしい、と叫んだ。

「これは、おかしい」

「おかしい?」

「サチは、赤のカードを入れてるはずだろ」

「そうなの?」

サカキが、サチに向かって確認を取る。サチは、そうですね、と言いながら、うなずいた。

「でも、これで間違いじゃないです」

「間違いじゃないって、どういうことだよ!」

「私、ちゃんと赤のカードを入れたんですよ」

「じゃあ、なんで」

「昨日の夜、ワタルくんの封筒と私の封筒を、すり替えたの」

俺は言葉を失って、そのまま立ち尽くした。夜、静かに部屋に入ってくるサチの姿が目に浮かんだ。テーブルの上には、黒のカードを入れた封筒が置いてあった。

「なんで、そんな、ことを」

「いやあ、ワタルくんはこういうことしちゃうんじゃないかなって、思ってたんですよね」

「俺が」

「そう。口では一緒に生き返ろう、なんて言っておいて、自分が犠牲になろうとする。自分をちぎって人に与えて、自分はなくなっちゃう。どっかの、丸い顔したヒーローみたいに」

「だからって！」

「昨日の夜、私、ワタルくんの目を見てたんですよ。父に、どうやったら男の嘘を見抜けるのって聞いたら、目を見ろ、って言われたことがあって。私が、約束？　って聞いた時、ワタルくんの目が泳いだんですよね。だから、あ、嘘ついてるなって、わかっちゃったんですよ」

サチは、はにかむように笑う。どうして、こんな状況で笑えるのか、俺には理解ができなかった。

「サチは、わかってない」

「わかってない？」

「死ぬってことが、どういうことなのか」

「そんなことないですよ」

「わかってたら、こんなことしないだろ！」

「私、少なくともワタルくんよりは、死ぬってことをわかってるつもり」

あ、と、俺は言葉が続かなくなった。「黒」に捕らわれて、わずか数十センチのところまで近づいた死。俺よりもずっと、サチはその肌で死を感じていたのかもしれない。

「これは、取り消しだ。もう一度、サチと話をしないと」

サチに論破されてしまうと、俺は、サカキに矛先を向けた。俺とサチの様子をむっつりとした表情で見ていたサカキは、俺の目を見据えたまま、静かに首を横に振った。

「それはできないわね」

「できない？　なんで」

「あなたたちは、封筒に封をしたからね」

「でも、封筒はすり替えられてる。そんなの、俺の意志じゃない」

「残念だけど」

サカキは、うん、と咳払いをして少し間を取った。

「最初に言ったはずよね。相手をだまして、出し抜いても構わない」

「それ、は」

「いろんな思いがあったとは思うけど、あなたも、彼女を出し抜こうとしたわけでしょ。それが許されて、彼女のすり替えが無効になる、っていうのは、ちょっと筋が通らないわね」

「だって、俺なんかが生き残るより、サチの方が！」

サカキが立ち上がって、俺の正面に立った。ばちん、と音がして、俺はよろめいた。頬に、じんとした痛みが残っている。

「なにすんだよ！」

「いい？　聞きなさい、あなた。魂にね、どっちもこっちもないのよ。あなたは、もう一度肉体に戻る。それがすべて。命にはね、貴賤もなければ、必然も偶然もないのよ。あなたの体に、あなたの魂がある。ただそれだけ」

「俺の、魂」

「その魂の価値を決めるのは、あなたなんだから」

しっかりしなさい、と、サカキが声を張り上げた。もう一度叩かれるのかと目を閉じたが、サカキの手は、顔に飛んでは来なかった。代わりに、俺の右腕をぎゅっと握っていた。

「あなたは、戻る。どうか、無駄にしないでね」

目を開けると、紐のようなもので赤のカードが手首に括りつけられていた。外そうと指を入れても、紐がぎゅっと締まって、どうあがいても取れない。

サカキがサチに近づく。サチは抵抗しようともせず、すっと右腕を出した。俺が止めようとするよりも早く、サチの手首に、黒のカードがぶら下がった。

「どうしてだよ」

サチの手首のカードを見て、俺は力なく崩れ落ちた。こんなつもりではなかった。こんなことになるなら、俺も赤のカードを入れておけばよかった、と後悔した。

「私、後悔してないですからね」

俺の頭の中を盗み見たかのように、サチが俺の手を摑んで引き起こした。小さくて、少し冷たい手が、俺の手を握りしめている。

「俺が、俺だけが、生き返ったって」

「私、ワタルくんて、ほんと人を幸せにする人だなって思うんですよ」

「俺が？」

「なんかこう、人を笑わせるとか、楽しませるとかじゃないけど。幸せに向かうレールに乗っけてくれるっていうか。私も、髪切ってもらって、世界の見え方が変わったし。それって、たぶん私にはできないことで」

「買いかぶりすぎ、だ」

「ワタルくんが次にここに来るまでに、たくさんの人を幸せにしてほしい。私ができないことを、ワタルくんにやってもらおう作戦ですよ、これ」

「俺には、そんなこと」

「できますって。できるできる。それで、できたらね、ワタルくん自身もちゃんと幸せにしてあげてほしい」

よろしくお願いします、と、サチが頭を垂れる。なにか言わなきゃ、と思っているうちに、視界がちかちかと光りだした。世界が揺れる。光が降ってくる。手を握っているのに、サチの顔がどんどん遠くなっていく。背中から、海のように暗闇が広がって、サチの顔を、「狭間の世界」を、塗りつぶしていく。

「元気でね」

「サチ！」

サチ、俺は——。

——ワタルくん、私ね、

サチの声は、最後まで聞こえなかった。それまで鮮やかに見えていた世界は消えて、いつの間にか、俺は海のように深い混沌の中を、たった独りで漂っていた。

飛行機が落ちてから、どのくらいの時間が経っただろう。

伊達恒は、腕時計をつけていない左腕に、また目を落とした。時間がわからない。もう、日付は変わっただろうか。夜明けまであとどれくらいか。いくら考えても、誰も答えを教えてくれない。

陽が落ちてしばらくすると、雪が舞いだした。べたりとした重い雪がしんしんと舞い降りてきて、体から熱を奪っていく。あと何時間、意識を保っていられるだろう。きっと、そう長くはもたない。

「でね、カレーを作ろうとしたんですけど、母が臭いからやめろって」

飛行機の座席で隣になった「サチ」という女性は、少し前から急に饒舌になって、いろいろなことを話しだした。打ち解けたというよりは、意識が混濁して、知り合いとしゃべっているような錯覚に陥っているのかもしれない。

「料理、するんだ」

「いや、その、恥ずかしながら実はあんまり。料理とかします？」

「基本自炊だし、小っちゃい頃から手伝いでやってたから、少しは」

「すごいね、お料理男子だ」

すごくないよ、と笑う。真っ暗闇の中で、サチがどういう顔をしているのかはわからない。

「教えて欲しいな、料理」

「俺に？」

「そう。なんか、教えるの上手そうですよね」

「生きて帰ったらね」

「やった。お料理教室通うよりいいですね」

「って言いたいところだけど、家が遠いのか」

そういえばそうですね、と、サチが残念そうな声でため息をついた。

「くっついちゃえばいいんですよ」

「くっつく？」

「ワタルくんの部屋が、私の家にくっついちゃって」

「どういう状況だ、それ」

「私が、家のドア開けると、すぐワタルくんの家で。私は、時間が空いたらドアをノックして、料理を教えてください、って言えばいい」

「想像力がすごすぎる」

「次のドア開けたら、すぐキッチンで――」

会話の途中で、サチの声が突然途切れた。恒はできる限り体をひねり、サチの体に手を伸ばして懸命に揺らした。体温が下がった体は、思ったように動かない。露わになった手は、一気に冷たくなっていく。

「あっ」

「大丈夫？」

「ちょっと、寝てました、かね、私」

「起きてないと、マズい」

「そう、ですよね」

ずり落ちた毛布を引っ張り上げてサチの体にかけようとすると、サチの両手が恒の手を摑んだ。

そのまま、毛布の中に引っ張り込む。温かいとは言えなかったが、それでもほのかに体温を感じた。

「私たち、死ぬんですかね」

「どうだろう。絶対生き残れる、とは言いづらくなって、きたかな」

「私のお父さんが、言ってたんですけど、飛行機に乗って墜落するためには、毎年百回乗ってる人でも、何千年もかかる計算になるって」

「死ぬほど運が悪いって、ことか。俺たちは」

「なにか、悪いこと、したんですかね」

「警察に捕まるようなことは、してないけど」

私もないですけど、と、サチがかすかに笑いながら俺の手を強く握った。

「でも、私、今日は両親に嘘ついて、飛行機に乗ってて」

「嘘？」

「両親が、旅行に行ってるんですけどね、今。私は家で大人しくしてる、って嘘を」

「なんでまた」

「一人旅をすれば、人生が変わるんじゃないかって、思って」

——初めての一人旅なんだって。


恒の耳に、沙羅の声が聞こえていた。サチに「知ってます」とはさすがに言えない。

「それが、悪かったんですよね、きっと」

「悪かった？」

「なに不自由のない生活をしてきたくせに、幸せだって思えなくて。欲張って、人生変えたいなんて言っててこんなことしたから、神様を怒らせたのかもなって」

「そんなことで怒るなら、神様もろくなやつじゃない」

「よくよく考えると、私はなにげなく悪いことしてるのかもしれない」

サチの話によると、人間には「犯すと死に至る大きな罪」が七つあるのだという。上から目線で人を見ること。怒ること。必要以上に食べること。妬んだり、怠けたり。肉体的な欲求を制御できないこと、必要以上にものを欲しがること——。

それがそんなにデカい罪かな、と恒が言うと、サチはちくちく貯まるポイント制なのではないか、という仮説を立てた。

サチの話は、もう少し続いた。死んだ人間の魂は、生前の行いで行き先が決まる。悪人は、地獄へ。善人は、天国へ。だが、悪人というほどの罪はなく、善人というほどの善行も積んでいない人間は、煉獄という「狭間の世界」に送られ、天国に行けるよう浄化される。だったら、おそらく大部分の人間はその煉獄とやらに行くんだろうと、恒は思った。

——俺も、もうじきそこに行くんだろうな。

脳裏によぎった言葉は、口には出さなかった。

「天ノ川町」

「ああ、うん？」

「ワタルくんの、地元なんですよね」

「そう」

「やっぱり、星空は、きれいですか」

「あ、ああ、それを、観光のウリにしてる、くらいだから」

「行きたかった」

「なんでまた、うちの、町なんかに」

「それが、会社の先輩から、天ノ川町の星空を見たら、人生が変わったって聞いたんですよ」

「大げさ」

「でも、見てみたかったんですよね。星空。満天の、星」

「見たこと、ないの？」

「空じゅうが星でいっぱい、みたいな空は、ないですね」

「見たいなら、見せてあげようか」

「え？」

「上」

恒の言葉に従って上を向いたサチが、わっ、と声を上げた。

さっきまで雪を降らせていた雲が風で流れて、いつの間にか、空には無数の星が光っていた。一つ一つの星の光はかすかなものでしかないが、隅から隅まで星をちりばめた夜空は、都会の夜のように明るかった。天の川が青白く輝き、空を真っ二つに割っている。時折、流れ星が川を横切ってすっと消えた。

「空が、空じゃないみたい」

「空じゃなくて、なに？」

「もう、ここまでくると、宇宙そのもの、って言うか」

「人生、変わりそう？」

「変わる。変わりますよ。あんな小さな光が、集まったら、こんなにすごいんだ、って」

「そっか」

「これ見て、地元の人は、なんとも思わないんですか？　やっぱり」

「晴れてれば、毎日こうだからね」

「贅沢ですよ。贅沢極まりない」


星空を見るのは、嫌いだった。

まるで、自分の人生など、意味のないものに思えてしまうから。


「もし、生きて帰れたら」

「帰れたら？」

「俺が、案内するよ。天ノ川町」

「ほんとに？　楽しそう。頑張らないとだめですね、じゃあ」

無邪気な返事とは裏腹に、握った手からは、ほとんどサチの熱を感じられなくなっていた。

狭間の世界（15）

摑んでいた手の感触が、ふっと消える。私は、リビングに立ち尽くしたまま、ワタルが立っていたはずの空間を、ただ呆然と見ていた。

行っちゃった。

そう感じた瞬間、鼻の奥に全身の熱が集まってきた。もし、サカキがいなかったら、私はうずくまって捨てられた子供のように泣き出してしまったかもしれない。

私もワタルも、「狭間の世界」に存在し続けることはきっとできなかった。頭ではわかっていたけれど、心は駄々っ子のように、頭の言うことを聞こうとしなかった。朝起きて、おはようと言い合って、ごはんを食べたり、話をしたり。なにも変わらない世界と無限にのしかかってくる時間に苦しめられたはずなのに、目に浮かんでくるのは楽しかった記憶ばかりだ。

明日も、明後日もずっと、世界があのままだったらよかったのに。

どうしても、そう思ってしまう。

もう一度、あの温かさに触れたい、と、思ってしまう。

「終わったわね」

「そう、ですね」

最後、ワタルはなにを言おうとしたのだろう。ワタルの言葉を最後まで全部聞き取ることはできなかった。そして私も、同じように自分の言葉を伝え切ることはできなかった。

「ワタルくんは、これで生き返ったんでしょうか」

「だと思うんだけど、私には、別の世界のことはわからないわね」

サカキが、ごめんなさいね、と申し訳なさそうに首を振った。

ワタルがいなくなった「狭間の世界」は、驚くほどなにも変わらなかった。ワタルの部屋に続くドアを開けてみると、抜け殻のような部屋がそこに残っていた。世界はそのままで、ただワタルの魂だけが、元の世界へと戻って行ったようだ。

サカキがソファに深々と腰をかけ、大きくため息をついた。私も隣に座って、同じように、大きなため息をついた。はあ、私は死んじゃうのか、と思ったのがひとつ。ああ、なんか疲れちゃったな、と思ったのがひとつ。

「あの、私、これからどうすればいいんですか？」

「思うようにしたらいいわよ。時間は無限にあるから。好きなことを好きなようにして、思う存分ゆっくりしていって」

「でも、そう長くはいられないかもしれないですね。ワタルくんいないと、やることないですし」

外の景色を見ながら、サカキが何度かうなずいた。

「ま、そうよねえ」

「やりたいこと、なんでもできるんですけどね。でも、この世界では、なにをしても、なんにもならないから」

「実はね、ここに長くいる人、あんまりいないのよ」

「ああ、やっぱりそうなんですか」

そりゃそうですよね、と、私は相槌(あいづち)を打った。ここにぽつんと一人残されて、なんでもやりたい放題だとはしゃげるおめでたい人はそう多くないだろう。

「でも、よかったのかしら?」

「よかった?」

「その、彼を戻すことになって」

「んー、どうなんでしょうね。納得はしてるつもりなんですけど」

私は、手首に括りつけられた黒いカードを揺らしてみた。括りつけられたカードはゆらゆらと揺れながら、しだいに透けていって、やがて消えてなくなった。

「彼は、あなたを戻したかったのよね」

「そうですね。ワタルくんは、そういう人なんですよ。弱ってる人に、パンでできた頭ちぎって食べさせるヒーローの人」

「戻ってあげたらよかったじゃないの。こういうときはね、基本はレディファーストなんだから。遠慮しなくたってよかったのよ」

「ええ? そういうもんですかね」

「そりゃそうよ。昔から、騎士（ナイト）は姫を守るものって、相場が決まってるんだから」

私は「ワタルくんが騎士って」と、ひとしきり笑った。鎧（よろい）を着て、勇壮に姫を守るワタルの姿は想像がつかない。そんなのは、もう遥か昔の価値観なのだ。

「彼、きっと、あなたのこと好きだったのよ」

「え、ワタルくんがですか」

「だって、こんな一つ屋根の下で若い男女が暮らしてたらね、好きになるか嫌いになるか、どっちかよ。絶対に」

「そっか。嫌われてはいなかったと思うんですけどね」

「そりゃそうよ。嫌いな女に魂をささげようなんて男はいないわよ」

「まあ、じゃあ」


私も、一緒かな。


サカキが、細くて小さな目をいっぱいに開いて、私を見た。一瞬、意識がどこかに向いた隙に、私とサカキの目の前に、温かいコーヒーが姿を現していた。

「その話、ゆっくり聞かせてもらえないかしらね」

「え、やめません？　面白いことないですよ」

女子会、楽しいじゃない。サカキが私の退路を塞（ふさ）ぎながら、ずるずると音を立ててコーヒーをすすった。

†伊達恒——救済（サルベーション）

深い沼。真っ暗闇。肌にまとわりついてくるような黒い空間に包まれていた意識が、ゆっくりと浮き上がっていく。遠くでゆらゆらとゆらめいていた光がだんだんと大きなうねりになって、俺を包もうとしている。

いやだ。
戻りたくない。

うっすらと開けた目の隙間から、強烈な光が差し込んでくる。朧げではあるが、人の顔が浮かんでいるように見えた。俺に向かって、なにか必死に叫んでいる。誰だろう。サチ？　いや、違う。

——起きなさい！

声に導かれるように目を開くと、洪水のように五感が働き出した。寒い。痛い。息が吸えなくて苦しい。手足が動かない。騒がしい。人の大声。バタバタと何かがはためく音。俺は、なんとか動こうともがくが、上から誰かに押さえ込まれた。落ち着いて、という声が聞こえる。

「あなた、私が見える？　自分の名前、わかる？」

俺、俺の名は。


「ワタ、ル」

「おはよう、ワタルくん。気をしっかり持つのよ？　いいわね？」

視界が少しずつ開けてきて、目の前で蠢く人影が、しだいにくっきりと輪郭を帯びて行った。ちらちらと何かが動いている。白い、カードのようなものだ。

「神、さま？」

一瞬、目の前の誰かが動きを止めた。ああ、とうなずくと、俺の目を覗き込み、違うわ、と首を横に振った。

「よく間違われるのよね。でも、私、〝神〟じゃないから。よく見て。〝榊〟、って書いてあるの」

俺が見ていたものは、胸につけられた名札のようなものだった。胸元から視線を上げると、四十代後半くらいの女性の顔があった。髪の毛はあまり手入れをしていないショートのパーマヘアで、かなり傷みが激しい。男物のようなデカい黒縁メガネをかけていて、レンズの向こうから、細くて小さな目が俺を見ている。

「サカ、キ」

「そう。私、榊恵理っていうの。美人女医の」

「お医者、さん」

「そう。美人の、ね」

早口でまくしたてながら、サカキは忙しそうに動き回っていた。俺は簡単なテントのようなものの中にいて、地べたに寝かされているようだった。アルミホイルのようなものでできた寝袋にくるまれていて、身動きが取れない。

「たすか、った？」

「いい？　これから、あなたを病院まで搬送するわね。ヘリコプターで。でも、この辺に着陸できる場所がないから、吊り上げないといけないの。高いところ、怖い？」

俺は、首を横に振る。

「サ、チは」

「なあに？」

「サチ」

俺は、思うように動かない口を懸命に動かして、何度もサチ、と繰り返した。

「隣にいた、女の子ね？」

今度は、頭を何度も縦に動かす。

「夫婦？　でもまだ若いわね。恋人同士かしら」

首を横に振る。サカキは、少し戸惑った表情で、視線を滑らせた。サカキの視線を追う。俺の横、少し離れたところに横たわる人間の姿が見えた。


サチ。

呼びかけようとしても、声が出ない。サチは俺と同じように地べたに寝かされていて、静かに目を閉じたまま動かなかった。顔は雪のように白くて、血が通っているように見えなかった。

「あなた、助け出される間、意識も半分なくなってたくせに、ずっとあの子に話しかけてたわね。どうしても、助けたかったのね？」

そうだ、とうなずく。

「私、こういう時お茶を濁すのは嫌いだから、はっきり言うわね。いい？　これから乗るヘリコプターで搬送できるのは、一人だけなの。乗るのは、あなただけ」

どういうことだ？　と、頭が混乱する。俺がヘリに乗せられた後、サチはどうなるのだ。

「サチ、を、先に」

「それはできないわ」

「な、んで」

サチに向かって、寝袋の中から手を出して懸命に伸ばす。届かない。俺の腕は、まるで鉛のように重くなっていて、全身の力を奮い立たせても、少し浮かせるのがやっとだった。

ふと、俺は手首になにか括りつけられていることに気がついた、白い、カードのようなものだ。よくわからないが、何か書かれている。紙の先っぽには、色がついた部分がある。黒い部分には「０」、赤い部分には「Ｉ」と書かれていた。

カード。赤のカード。

手首からカードを振り払おうとしても、紙が揺れるばかりだった。起き上がって引きちぎろうともがいても、俺の体はがっちりと固定されている。

「暴れないで！」

サカキが叫んで、俺の腕を摑んだ。無理やり手を俺の顔に近づけ、手首にぶら下がったカードを見せた。

「いい？　これは、トリアージタッグと呼ばれるものなの。傷病者がいるとき、誰を先に助けるかを決めるもの。つけたのは私」

「トリ、アージ」

「いい？　赤のタグは、重症だけど、すぐに治療すれば命が助かるかもしれない、っていう人につけるのよ。あなたは、今まだ死にかけてるの。生きるか死ぬか、その狭間にいるのよ。わかる？」

わかる？　と言われても、わかろうという気が起きなかった。俺は、死んだって別によかった。どうせ助けるなら、俺なんかの命より、サチを。何度も訴えるが、サカキは取り合おうともしない。

そのうち、テントの中に何人かの人間が駆け込んできた。全員で俺を囲み、外に連れ出そうとする。わらわらと集まってくる人の隙間から、サチの横顔が見えた。そこから、体に沿うように伸びる、腕。手首には、俺と同じ、トリアージタッグとかいう札がつけられていた。

タグの先端の色は、黒だ。

声にならない声を振り絞って、俺は精いっぱい叫んだ。違う、そのカードは、俺が。

「あなた、聞きなさい」

サカキが、俺にぐっと顔を寄せた。小さな目から、有無を言わせないほどの圧力を感じて、俺は、唇を結んだ。

「私がここに来た時、あの子はまだ少し意識があったわ」

「サチ、が」

「あの子、毛布をあなたにかけようとしてた。私が受け取って、あなたにその毛布をかけたの」

「なん、で、そんな」

「恨むなら、私を恨んで。もし私が神様だったら、こんな寒さの中、一晩耐え忍んだあなたたちを二人とも助けるかもしれない。でも、私は神様じゃないの。今は、助かる可能性が高い人を選ぶことしかできないわ」

「おれ、は」

「いい？　しがみつくのよ。爪を立ててでも、生きることにしがみついて。死んだらだめよ。生きるのよ」

テントがはためく音が、大きくなる。ヘリの回転翼が空気をかき乱す音が近づくと同時に、サカキの声はどんどん遠くなっていった。

どうしてだ。

ぶつけようのない思いに体中を引き裂かれながら、俺は情けなく、無様に生きていた。思い通り動けずにもがき、ただバカみたいに空を見上げ、死ぬことすらできずに、生きていた。

「このタグは、あなたたち二人の意志なのよ」

どうか、無駄にしないでね。サカキがそう言いながら、俺の頬を叩いた。

狭間の世界（16）

俺が、どうする？　バッサリいく？　と聞くと、客の実花は、え、やめとく、と答えた。

「こんなとこでバッサリいったら、風邪ひきそう」

「寒いからなあ」

「寒いにもほどがあると思うんだよね、ほんと」

小さなシャンプー台がひとつ。そして、ドレッサーとスタイリングチェア、カットチェアが一式。こぢんまりとはしているけれど、静かで、落ち着いた空間。俺の、新しい職場だ。


天ノ川町のリゾート施設内の一角に設けられた、小さな美容室。「ヘアサロン・ベアトリーチェ」と名づけられた店は、今日がオープン初日だった。記念すべき第一号の客は、東京で美容師をやっていた時にずっと担当していた、瀬戸実花だ。「ベアトリーチェ」のオープンに合わせて、わざわざ天ノ川町にまで遊びに来てくれたのだ。

「ねえ、歩いても大丈夫なの？」

「いや、まあ、走ったりはできないけど、歩くぐらいは全然問題なし」


俺が、あの航空機事故に遭ってから、もう一年が経つ。

事故の原因は、未だによくわかっていない。俺が乗っていた旅客機は、離陸から数十分後、原因不明のトラブルで左翼エンジンから出火、推進力を失った。機体は小型で、エンジンは左右一基ずつしか搭載されていなかった。操縦士は残った右翼エンジンのみで不時着を試みたものの、結局コントロールを失い、山中に墜落した。事故後一年経った今でも、原因の調査が行われている。

乗員乗客のほとんどが死亡し、生存者は、俺を含めてわずか五名しかいなかった。新聞やテレビは、昔起きた航空機事故と重ねて「悲劇再び」と連日報道した。俺は奇跡の生存者などと言われて追いかけ回されたものの、何も語らないまま、なんとか逃げおおせている。

だが、奇跡の生存者、という表現は正しい。

あれほどの大事故、それも墜落から救出まで十八時間も冬山に取り残されていながら、俺はなんとか一命をとりとめた。凍傷で左足の指を二本失ったが、それくらいで済んだのは、奇跡としか言いようがない。

なにより、両手が無事だった。

事故の後、俺は知人の牧場で働かせてもらいながら、父親の世話や家の手伝いをしていた。「星降る丘」のリゾート施設内にチャペルを建設する、という話を母親から聞いたのは、数か月前のことだ。

チャペル建設は、「満天の星の下で、永遠の愛の誓いを」というノリのようだった。きっと、結婚式や披露宴も施設のプランに盛り込まれることになるのだろう。だとしたら、それにかかわるスタッフが必要になるはずだ。ヘアメイクを担当するスタイリストも。

俺は、母親を通じてだめもとでリゾートの支配人に掛け合い、施設内美容室を作ることを提案した。どうやら、結婚式のプランを展開すると決めたリゾート側も、人材確保に苦労していたらしい。意外にも、とんとん拍子に話が進んだ。

施設内のスペースを間借りして、俺は小さな美容室のオーナーになった。とはいえ、毎日客が来るような店ではない。基本的には、予約がある時間にだけ行けばいい。これなら、父親の面倒を見ながらでも働ける。

美容師の仕事は、もう二度としないと思っていた。考えが変わったのは、犠牲者の遺族に事故の遺品が届けられるようになった頃のことだ。生存者である俺のスーツケースも、手元に戻ってきた。中に入っていた衣類などは全部どこかに行ってしまっていたが、唯一、サイドポケットに入れていたシザーケースだけが残っていた。運命という言葉は好きではないけれど、それは運命であるように思えた。世界を救ったり、誰かの命を救ったり、そういう大きな運命ではない。でも、俺に課せられたものだ。

誰から？　神様か。それとも、得体のしれない「意思」とやらか。

違う。

――ワタルくんにやってもらおう作戦ですよ、これ。

「じゃあ、梳いて整える感じでいいですかね」

「うん。いつも通りで」

いつも通り。

久々に握ったカットシザーは、吸いつくように手に馴染む。左手の指でテンションをかけながら、毛先をカットする。小気味よい金属音とともに、実花の髪がさらさらと切れていく。

「まだ忙しい？　仕事」

「ほんと忙しかったよ。ようやく片づきそうなんだけどね。うちのチーム、一人減っちゃってさ」

「忙しさに耐え兼ねて辞めちゃったとか」

「あの、事故、あったでしょ？」

「俺の？」

「私の後輩も一人、あの飛行機に乗ってて」

「えっ」

「その子は、助からなかったんだよね」

まるで、凍りついたように手が止まる。目の前で火を噴くエンジンが、ありありと目に浮かんだ。

「そう、だったん、だ」

「アタシが悪いんだ」

「悪い？」

「天ノ川町の星空を見て人生が変わった、なんて言ったから、あの子、一人で行こうとして、あの飛行機に乗っちゃって」

——会社の先輩が、星空がすごくて人生が変わったって言ってて。

——私、人生を変えようとしてたんだと思うんですよね。


あの日以来、考えないように、思い出さないようにと頭の奥に押し込めていた記憶が溢れ出して、俺を埋め尽くしていった。俺は唾を飲み込み、逸る胸を抑えなければならなかった。

「その人、名前は」

「ああ、うん、久遠っていうんだけどね。久遠幸」

手の震えが止まらなくなって、俺は腰のバッグに一度シザーを戻した。鏡に映る実花は、涙こそ見せないものの、唇を嚙み、悲痛な顔をしていた。

「その子、俺の、隣の席に、いた子で」

「隣？　ウソ、ホントに？」

「あの」

「どうしたの？」

「今日、少し時間、余裕あります？」

実花はきょとんとした顔をしていたが、クロスから腕を出し、小さな腕時計に目を落とした。

「連れが今お風呂行ってるんだけど、あの人長風呂だから、大丈夫」

「ちょっと、話を聞いてほしくて」

あの夜、俺は寒さと闘いながら、サチと一晩中しゃべり続けた。時間を埋めるため。恐怖感から逃れるため。意識を保つため。サチと一緒に星空を見上げたところまでは覚えているが、その先の記憶はほぼない。

救助が来たのは夜が明けてしばらく経った頃だったようだが、俺たちの脚を挟み込んだ機体の残骸を取り除くのに、さらに時間を要した。サチは救助隊が到着した時点ではまだかすかに意識があったらしい。

飛行機の残骸から助け出された俺たちは、すでに心肺停止の状態に陥っていた。だが、低体温で心肺が停止した場合、時間が経っても蘇生することがままあるらしい。救命処置を受けて、俺の心臓は再び動き出したが、サチは脚部からかなりの出血があり、そのまま戻って来なかった。緊急時の治療の優先度を決める「トリアージ」を担当した榊医師は、俺に「最優先」を意味する赤のタグを、サチには「救命不可能」を意味する、黒のタグをつけた。俺の意識が戻ったのは、その直後だ。意識が戻った俺はヘリで近くの病院に搬送され、生き延びた。

それが、あの日起きたことのすべてなのだが、俺の頭の中には、もう一つの記憶が残っていた。

「狭間の世界」だ。

意識を失った後、俺の脳はサチから聞いた話と俺自身の記憶を混ぜ合わせて、変な夢の世界を作り上げたのかもしれない。「狭間の世界」とは、きっと、そういうことなんだろう、と、俺は自分を納得させようとした。俺は今まで、「狭間の世界」のことを誰にも話さなかった。

けれど、あれは本当に、俺が見た夢に過ぎなかったんだろうか。

偶然隣に居合わせただけ、たった数時間話しただけのサチが、これほど俺の心深くに残っているのはなぜだろうか。妄想。幻。夢。そう言われればそれまでだけれど、俺の中には今もはっきりと、サチの声が、ショートカットの後ろ姿が、熱が、残っていた。

「狭間の世界、っていうんですけどね」

「狭間？」

「生と死の、狭間」

実花を相手に一旦話し出すと、俺の口は止まらなくなった。くっついた部屋。無限の時間。気まぐれな天気、誰もいないアーケード。電車を呑み込む「黒」。

それから、同じ世界の住人、サチのこと。

実花は、少し戸惑った表情を浮かべながらも、否定はせず、茶化すこともなく、じっと俺の話を聞いてくれた。俺は時折、カットの手を止めて、身振り手振りを交えて、「狭間の世界」のことを説明した。気がつくと、カットだけに一時間以上もかけていた。

「不思議な話だし、なんて言っていいかわからないんだけど」

「だよね」

「私、久遠とプライベートの付き合いがあったわけじゃないからさ、あんまり知ったようなことは言えないいんだけどね」

「うん」

「でも、話を聞いてると、なんかあの子っぽいな、って感じがする」

鼻の奥が、ぎゅっと締まる。その一言は、俺にとって救いのように思えた。俺は少し乾いて来てしまった実花の髪を霧吹きで湿らせ、またシザーを動かした。

胸につかえていたものが、すべて流れ去ったわけではない。

でも、それで、今は十分だった。


カットが仕上がると、実花は頭を左右に動かしながら、出来上がりを確かめた。俺は背後に立って、ミラーを開く。

「やっぱ、上手いよね、ワタルくん」

「まあ、カットは店の中で俺が一番なので」

一人しかいないからじゃん、と、実花が笑った。

「お連れさん、そろそろ戻ってる？」

「そうね。もしまだ風呂に入ってたら、さすがにのぼせてるだろうし」

「新しい彼氏？」

「ま、まあね」

「また合コン？」

「違うよ。会社でね。付き合ってください、って言われちゃったから、まあいいかなって」

珍しく年下。と、実花は少し照れ臭そうに言った。

「じゃあ、婚前旅行って感じか」

「どうなんだろうね。わかんないけど」

「好きなら、迷わず結婚しちゃった方がいいよ」

「え？」

「いつ飛行機落ちるか、わからないから」

「やめてよ。シャレになってないから」

俺は、「狭間の世界」から戻ってきて、こうして生きている。でも、きっと、この世界だって生と死の狭間なのだ。迷ったり諦めたりしているうちに、あっという間に「黒」はやってきて、俺たちを呑み込もうとする。

実花のスマートフォンが、軽い着信音を鳴らす。財布から千円札を数枚出しながら、実花は画面を目で追った。

「星空を見に行こう、だって」

「あ、お連れさん」

「バカだね。湯上がりで行ったら、風邪ひくのに、絶対」

「まあ、風邪ひくくらい、いいんじゃないかな」

「え、そう？」

また人生が変わるかもしれないから、と、俺は少し含みを持たせたが、実花は気づく様子もなく、小首を傾げた。一年後か、もう少し後か。今度は「結婚式プラン」で、俺が実花のスタイリングをすることになるかもしれない。

今日は一日天気がよかったから、きっときれいな星空が見えるだろう。
俺は相変わらず、空を見上げるのは嫌いだった。
あの日を、思い出してしまうから。

でも、星空の美しさには、気づいた。

久遠幸――救済（サルベーション）

「おいし！」

私は、スプーンを咥えたまま、興奮気味に声を上げた。もちろん、それに応えてくれる声はない。

無限の時間を有効活用して何度もトライアンドエラーを繰り返した挙句、総力を挙げて調理し、一晩くらい寝かせた私のカレーは、ようやくワタルのカレーと遜色ない、納得の味になった。ここに至るまで何度包丁で指を切っただろう。それでも、血も出なければ傷痕も残らないのが「狭間の世界」のいいところだ。

もし、ワタルが食べていたら、なんと言っただろう。きっと、おいしいよ、と言ってくれるだろうけど、それだけでは不満だ。もっと驚いてほしい。感動してほしい。

「やればできるんだなあ、私でも」

私は、「ワタルくんカレー」を、得意料理と言い張ることに決めた。

誰も、食べてはくれないけれど。

食器が消え、食後のコーヒーがいつものように出現する。リビングスペースから嘘っぱちの風景を眺めつつ、私は食後のひと時を楽しむ。

「いい天気」

メイクをして、髪の毛を整える。私が気に入っているからなのか、ショートのボブヘアは伸びることもなく、ワタルが切ってくれたままの形をずっと保っている。

部屋を整理して、少し掃除をする。ゴミなんか一つも落ちていないけれど、掃除をすると、なんとなくすっきりした気分になるのがいい。

家のことを一通り済ませると、私はうん、と伸びをした。

真新しいスニーカーを履いて、外に出る。「狭間の世界」はいつまでたっても季節が冬のままだ。空気が冷たい。でも、今日はすっきりと晴れていた。

誰もいない住宅街を抜けて、広い道路に差しかかる。赤信号が青信号に変わるのを待って、横断歩道を渡る。駅前商店街のアーケード。ど真ん中をてくてくと歩き、時折、わー、と声を上げてみた。やたらと声が響くのが楽しい。カフェ・ノア、伊作、と、懐かしい場所を横目に、私は真っすぐ目的地に向かった。

商店街の端っこ。駅だ。

人の進入をまったく妨げようとしない改札を通る。切符もＩＣカードも必要ない。少し歩くと、長くて幅の狭い、シンプルなホームに出た。

「あ」

誰もいないはずのホームに、先客がいた。ベンチに座ったまま、私に向かって手を振っている。

「サカキさん」

「お久しぶりね。元気？」

「元気ですよ」

サカキの隣に座り、ほっと一息つく。約十五分のお散歩。ちょっと疲れた、と感じる。生きていた時の私は、どれだけ運動不足だったんだろう。

「ごめんなさいね」

「え？」

「あなたには、なんにもしてあげられなかったわね、私」

「いや、しょうがないですよ。神様じゃないんですし」

サカキは少しだけさみしそうな顔をしたが、すぐにいつもの笑顔に戻った。

「彼、元気かしらね」

「元気ですかね。もともと、そんなに元気そうには見えなかったですけど」

「そういえば、そうね」

「でもきっと、またチョキチョキやってると思いますよ」

私は、ふふん、と、自慢をするように髪の毛を揺らし、きれいに整えられたショートカットをサカキに見せつけた。サカキが私のマネをして、頭を振る。ちりっちりの髪は、そよりとも揺れない。

「私も切ってもらえばよかったわ」

「そうですよ。うきうきしながら、バッサリいく？　って言ってたと思いますよ」

サカキと話をしながらけらけらと笑っていると、音のない世界に、突然けたたましい音が響き渡った。かんかん、という警告音。ホームの少し先にある踏切の遮断機が下りていく。

「電車だ」

はるか遠くから、ゆっくりと電車が近づいてくる。終着駅が表示されているはずのおでこの部分はくちゃくちゃとしていて、漢字なのか数字なのかよくわからない。

「いいの？」

サカキが、私の太ももをぽんぽん、と叩く。

「はい」

「この世界の時間は、無限にあるのよ？」

でも、と、私は首を横に振った。

「明日も世界がこのままだったら、私、いつまでも前に進めないので」

そうね、とサカキがうなずく。

「寂しくなるわね。楽しかったわ、女子会」

「そうですね」

ホームに電車が滑り込んできて、私の目の前でドアが開いた。当然のように、中には誰も乗っていない。私は少し勢いをつけて立ち上がり、そのままとんとんと足を前に出して、先頭車両に乗った。振り返ると、サカキが正面に立っていた。

「元気でね」

「サカキさんも」

「うん」

「いつか、ワタルくんがまたここに来たら、よろしく伝えてください」

「言っとくわ」

発車ベルが鳴る。ぷしゅん、という独特な音とともに、ドアが閉まる。サカキに向かって手を振った。ゆっくりと、電車が前に進みだした。

レールからはみだすのって、難しいよね。

私は独りごとを言いつつ、座り放題の席に座った。頭の中に、次々と人の顔が浮かぶ。この世の終わりが来たような顔をする父。泣き叫ぶ母。杏奈には辛い思いを背負わせるだろうし、職場の人には迷惑をかけてしまうかもしれない。

できれば、天ノ川町の本当の星空は見てみたかった。でも、この世界でワタルが見せてくれた「偽物の」星空でも、私は結構満足できた。今が人生の一部にカウントされるなら、私の人生は、あれで大きく変わったと思う。少なくとも、気持ちは大きく変わった。

せっかく変わったところで、もう私が私でいられる時間はどのくらいも残されていない。でも、次の世界に行けば、私の魂は天に上げられて、星にでもしてもらえるかもしれない。あれは何億光年も先で太陽より大きな星が燃えているんだ、なんていう夢のない話は聞きたくない。自分があの星空の中の星の一つとして輝けたら、それはそれでいいことだと思えた。私と同じように消えていったたくさんの人の小さな光が集まれば、その輝きで誰かの人生を変えられる時が来るだろう。

満天の星の中でほのかに輝く私を、ワタルは見つけてくれるだろうか。

まあ、無理だよね、と心の中で笑う。

あの時、ああしていれば。ああすればよかった。後悔は、どれだけしても尽きない。後悔しないように生きるなんて難しいことは、私には無理だった。だから、私は目いっぱい後悔しながら、次の世界へ行く。前を向いて。顔を上げて。

電車がスピードを上げる。誰も乗っていない運転席の窓の先には、「黒」が待ち受けている。なんとなく生きていた昨日までの私とは、お別れだ。次の世界は、どんなところだろう。楽しいところだったらいいな、と思う。

電車の窓が、「黒」でいっぱいになる。自分の胸に手をやると、心臓が動く音が伝わってきた。私は、まだもう少しだけ生きている。

ワタルくん、私――。

初出
「小説すばる」二〇一九年二月号～九月号
単行本化にあたり、加筆・修正を行いました。

装幀　高橋健二（テラエンジン）
装画　LOWRISE

328ページ
Domenico di Michelino, *Dante Alighieri's Divine Comedy*, 1465.
写真提供　ユニフォトプレス

行成 薫（ゆきなり・かおる）

一九七九年生まれ。宮城県仙台市出身。東北学院大学教養学部卒業。二〇一二年「名も無き世界のエンドロール」（「マチルダ」改題）で第二五回小説すばる新人賞を受賞。本作は二一年に映画化された。同年『本日のメニューは。』で第二回宮崎本大賞を受賞。著書に『僕らだって扉くらい開けられる』『彩無き世界のノスタルジア』『稲荷町グルメロード』『立ち上がれ、何度でも』などがある。

明日(あした)、世界(せかい)がこのままだったら

二〇二一年九月三〇日　第一刷発行

著　者　行成(ゆきなり)薫(かおる)
発行者　徳永　真
発行所　株式会社　集英社
〒一〇一-八〇五〇　東京都千代田区一ツ橋二-五-一〇
電話　〇三-三二三〇-六一〇〇（編集部）
　　　〇三-三二三〇-六〇八〇（読者係）
　　　〇三-三二三〇-六三九三（販売部）書店専用

印刷所　凸版印刷株式会社
製本所　株式会社ブックアート

ISBN978-4-08-771765-5 C0093
定価はカバーに表示してあります。

If you give people light, they will find their own way.